ARLES NOVELS

ビスクドール・マリアージュ

花川戸菖蒲

JN283818

ILLUSTRATION
水貴はすの

この物語はフィクションであり、実在の人物・団体・事件等とは、いっさい関係ありません。

Contents

ビスクドールシリーズ相関図★

御陵商事

陶山　紏（とうやま　ただす）27歳
一課営業主任　一番大切な夏樹を幸せにするため、全力を尽くす誠実な男。

藤池夏樹（ふじいけ　なつき）25歳
ウェアテックハウス社のSE。夏樹の片思いから始まった純愛。運命の恋人・紏と永遠の愛を誓う。

桃原千佳士（とうばる　ちかし）27歳
ひかりの事は「可愛い弟」だったけど、両想いに♥　陶山と同じ会社の三課でバーベキュー仲間。

幸田ひかり（こうだ　ひかり）25歳
千佳士と同じ幼稚園の幼馴染み。12年の片思いが実って幸せいっぱい。夏樹に男性の恋人がいる事を唯一知っている。

陶山 ♥ 藤池：ラブラブ
陶山 ⇔ 桃原：同僚
藤池 → 幸田：弟みたいに可愛い
幸田 → 藤池：仲良くなれて嬉しい
桃原 ♥ 幸田：幼なじみから恋人へ

ビスクドールシリーズ

ビスクドール・シンドローム
紏と夏樹の馴れ初め編♥

ビスクドール・ハネムーン
紏と夏樹の恋の試練とは!?

天使シリーズ

天使の祝福
千佳士とひかりの恋の行方は!?

天使の告白
千佳士とひかりはラブラブです♥

ビスクドール・マリアージュ

秋というには日差しがまだそれほど柔らかではないが、吹く風はたしかに北からのものに変わっている。十月だ。

自分の体が綿菓子でできている……、ここ最近の藤池夏樹《ふじいけなつき》は、そんなふうに思うのだ。

「…今週末、紏《ただす》と不動産屋さんに行く……」

そう思い、そう呟《つぶや》くごとに、体中が甘くなって、ふわふわ浮いているような気になってしまう。恋人の陶山《とうやま》紏と、いよいよ同居に向けて本格的に動きだすのだ。

夏樹が陶山と知り合って、まだ一年も経《た》っていない。恋人になってからだって、ほんの四ヵ月だ。スピード結婚もスピード結婚、音速のレベルで結婚へ突き進んでしまったわけだが、夏樹は後悔していない。心配もしていない。たしかに夫婦となったら夫婦なりのあらゆる問題が起きるだろうが、陶山を夫に選んだことについては、後悔も心配もしていないのだ。自分たちが今の関係に落ち着くまでに、たぶんノーマルで三年は付き合ったくらいの、裏や毒を見せている。なにしろ夏樹は陶山と付き合う以前に、これ以上はないというほどの最悪の裏切り行為を働いた。けれど陶山は、それを踏み台にして「愛し合うということ」を夏樹に教え、さらにそんなバカなことをしてしまった夏樹の、無自覚な不幸と、無意識のバカさ加減にも気づかせてくれたのだ。

「…紏ほど俺のことをわかってくれる人はいない。紏よりも信頼できる人はいない」

夏樹はほほえんだ。陶山は唖然《あぜん》とするほどのヤキモチ焼きだが、芯はどっしりと落ち着いている。喧嘩《けんか》をして表面的にはバシャバシャと波が立ったりもするが、その喧嘩だって実は陶山の腕の中で、陶山に抱かれたままの状態でやっているようなものだから、切れる別れるという話にはならない。というよりも、陶山がそちらの方向へいかせない。夏樹はなんでも自分の中に抱えこんで、悪い方向へ突っ走ってドツボにハマッてしまう癖があるが、そのことをちゃんと理解している陶山が、うまく夏樹をいなしてくれるのだ。夏樹の伴侶《はんりょ》として陶山はほとんど完璧《かんぺき》だ。

「紀が俺をおんなじふうに思ってくれているのかはわかんないけど……」

自分の底も底、真っ黒なドロドロの部分を見せてなお、夏樹を奥さんにしたいと陶山は言ったのだ。それが答えだろう。

「完璧な奥さんにはなれないけど、いい奥さんにはなるからね」

夏樹はうふっと幸せそうに笑った。

そんなことを勤務時間中、ほやほやと考えている夏樹だが、仕事はきっちりとこなしている。夏樹はウェアアテックハウスというソフトウェア会社に勤めるシステムエンジニアだ。企業内SEと違って独立系ウェアハウスのSEの労働環境は劣悪だが、納期が迫って、残業、泊まり込み、連続徹夜という修羅場にならないかぎり、朝七時に出社して午後五時に退社するというパターンを崩さない。体力的についていけずに辞めていくSEが多い中で、夏樹が頑張ってこられたのは、できるかぎり規則正しい生活を送っていることと、三食きちんと食事を取っているからだろう。料理は夏樹の趣味で特技で、腕前は相当なものなのだ。

その夏樹が本日も五時で仕事を切り上げて、社の入っているビルを出た時だ。ケータイが鳴った。

「んー、誰かな……、あ、ひかりくんだ」

思わずふふっと笑ってしまった。「ひかりくん」とは、陶山と一緒に出かけたハイキング会で知り合った男の子だ。はっきりと年齢を尋ねたわけではないが、二十五歳の自分よりも、たぶん二つ、三つは年下だろうと思っている。とにかくおっとりしていて純粋で可愛い子なのだ。夏樹はほほえんだまま通話ボタンを押した。

「もしもし、ひかりくん？」

『あっ、はいっ、こ、こんばんはっ、今大丈夫ですかっ？』

「うん、大丈夫だよ。どうしたの？」

電話でも一所懸命喋《しゃべ》っているだろうひかりの姿が思い浮かんで、夏樹がクスクス笑いながら尋ねると、ひかりはやっぱり、コクコクうなずいているような口調で答えた。

『あのねっ、八重洲《やえす》の地下街でね、秋の味覚キャンペーンていうのやってたんです、それで僕、ちょっと買い物したら福引き券を貰《もら》ったんですっ』

「そうなんだ。それで、なにか当たったの？」

『そ、そうっ、あのねケーキ……、マロンなんとかかっていうケーキが当たってね、切ってない、丸いままのを一つ貰ったんです、それで藤池さんに半分あげたいと思って電話したんですっ』

「すごいのが当たっちゃったね」
夏樹は失笑と苦笑の中間のような笑い声をこぼしてしまった。話し言葉だけ聞いていると幼児のようだし、言っている内容も子供のようだ。会社での様子は知らないが、ひかりは知り合い程度の人にはもう少し「成人」らしい喋り方をする。ここまで幼さを全開にした話し方は、ひかりが好意を持って、懐《なつ》いている相手にだけだと知っているので、懐かれている夏樹も呆《あき》れるよりは可愛いなと思ってしまう。なによりひかりは夏樹にとって弟子のような存在だ。そう、「ゲイの弟子」。

ひかりの恋人も男で、しかも神様のいたずらとしか思えないが、その男は陶山の同僚であり親友の、桃原《とうばる》という男なのだ。彼氏つながりで、夏樹は桃原を、ひかりは陶山を知っているが、ひかりと桃原が付き合っていることは夏樹しか知らない。だからといって、ひかりが夏樹の恋人を知っているかというと、そうではない。もちろん「恋人は男」ということはひかりに言ってあるが、それが誰かは、用心深い夏樹は決して言わないのだ。だから陶山は今でもひかりのことを「桃原の弟さん」と思っているし、桃原にしても夏樹のことを「陶山の取引先様」と思っている。「男を好きになる男」など自分以外にいないと思っていたほど純粋培養されてきたひかりなので、恋愛の悩みを相談できる相手は、唯一の「ゲイ友達」である夏樹だけだ。そういうわけで、夏樹にとってひかりは弟子なのだ。

その可愛い弟子に、夏樹はほほえみながら言った。

「ケーキ、桃原さんと食べるんでしょう？　わざわざ俺にくれなくても、いいよ？」

『ううん、あのね、千佳士《ちかし》くんはあんまり甘いもの食べないんだ、それで今ね、三河《みかわ》に出張してて、明日の夜まで帰ってこないんだ』

「ああ、そうだったの」

『そ、そう。だからね、僕一人で全部食べられないし、よければ藤池さんにって思ったんです。あの、栗《くり》のケーキ、嫌いですか？』

「ううん、好きだよ。でも」

夏樹はククッと笑って言った。

「俺、今、会社の前なの。だからここに持ってきてもらっても、持って帰れないと思うの」

『……、あ、そ、そうかっ。じゃ、じゃあ僕、半分、どこかで食べますっ、それで半分、持っていきますっ』

「どこかで食べるって、だってひかりくん、八重洲地下にいるんでしょう？」

夏樹が笑ってしまうと、そうだけど、という情けない声が返ってきた。どうしても「大好きな藤池さん」に半分分けてあげたいという気持ちが伝わってきたし、そのひかりの気持ちが嬉しかったし、「ケーキを一緒に食べたい人ランキング」で恋人の次が夏樹という高位置も嬉しくて、つい夏樹は言ってしまった。

「あのね、ひかりくんがよければだけど、これから俺の部屋に来る？」

『え……、ふ、藤池さんの部屋!?　行ってもいいの!?』

「うん。ひかりくんなら歓迎するよ。どうする?」

『行きますっ』

即答だ。地下街で足を踏ん張って話しているひかりの姿が見えるようで、夏樹はまたしてもふっと笑ってしまった。

「今東京駅《とうきょうえき》にいるんだよね?　そしたらどうしようかな、俺の家は東大島《ひがしおおじま》なんだけど……わかる?」

『あの、……ごめんなさい、わかんない……』

「あのね、東京からだと、馬喰町《ばくろちょう》から新宿線《しんじゅくせん》に乗り換えるのが一番早いんだけど……、えっと、馬喰町は行けるよね?　総武快速の千葉《ちば》方面行きに乗るの」

『あ、はい、わかります。それに乗って、馬喰町で降りるの?』

「そう、それでね、馬喰町で降りると、新宿線につながる、専用の連絡通路があるの。改札を出ないでね、それを使って新宿線の馬喰横山《ばくろよこやま》のホームに行ってね、本八幡《もとやわた》行きっていうほうに乗るの」

『ううっ、ま、待って、あの、メモ……』

「あっ、じゃあね、馬喰町で降りたらまた電話くれる?　そこからまた案内するから。ね?」

『う、うん、ごめんなさい、迷惑かけて……』

「全然。ウチにおいでって誘ったのは俺だよ、迷惑なんて思ってないよ、大丈夫。とにかく、馬喰町に着いたら電話してね？」

『は、はいっ』

これまた、いかにもドキドキしているひかりの姿が思い浮かんで、大丈夫かなと思いながら夏樹は通話を終えた。とにかく自分も帰らなくては。

「うーん、ひかりくんのほうが早く着いちゃうかも」

会社のあるここ台場《だいば》から東大島までは、さくっと行ける路線がなくて、とにかく無駄に遠回りをしなくてはならないのだ。しょうがない、と溜《た》め息をついた夏樹は頭を切り替えると、今夜はひかりくんと二人で夜ごはんだ、と思い、ニコニコしながら献立を考え始めた。

夏樹も移動しながら、ひかりを東大島まで誘導して、駅の改札で落ち合ったのは午後七時少し過ぎだった。やはりひかりのほうが早く到着していて、そわそわしながら夏樹を待っていた。会社帰りだから当たり前だが、スーツを着ている。リクルートスーツにも見える、地味でオーソドックスで、でもこれ以上はなくきちんとしたコーディネート。ひかりくんらしいな、と夏樹は思った。実はひかりも夏樹と同じ、二十五歳だなどとは夢にも思っていない。

とにかく待たせてしまったことをごめんねと謝って、二人でスーパーに寄って買い物をして、ようやく夏樹の部屋に帰りつく。

「ごめんね、座布団ないの。クッションでよければそれ敷いて」

陶山が「女の子の部屋みたいだ」と内心で思っている部屋にひかりを上げて、ミニテーブルを出しながら夏樹が言うと、顔を赤くしたひかりがコクコクとうなずいた。

「お、お邪魔しますっ、あっ、これっ、ケーキッ」

「あ、冷蔵庫に入れておこうね。ごはん作るから、食事してからケーキにしようね」

「えっ、藤池さんのごはん、食べさせてもらえるの!?」

「うん。だって夕食の時間だし……、どうして？」

「だって藤池さん、料理得意なんでしょー!? 僕、ずっと食べてみたかったんですっ」

「そうなの？ ありがとう。でも今日は急だったたし、たいしたものは作れないんだ、ごめんね」

「ううんっ、おにぎりと卵焼きでいいよっ、僕、藤池さんの料理が食べたいっ」

「はーい。じゃあちょっと待っててね」

スーパーで買ってきたジュースをひかりに出して、テレビをつけてそちらに集中させて、その間に夏樹は手早く夕食をこしらえた。今夜のメニューは、ふわふわ卵のオムライスと彩り鮮やかサラダとワカメスープだ。ひかりのイメージから、どうもお子様向けメニューになってしまったが、ひかりは目を輝かせて、おいしいねーっ、を連発しながらペロリと平らげてくれた。

「ごちそうさまでしたっ。藤池さん、本当に料理、上手だねっ。オムライス、お店屋さんのよりおいしかったっ」

「ホント？ ありがと。ケーキは入る？」

「うんっ。僕、甘いものは別腹なんだ」

「じゃあ今、切るからね」

素直なひかりの褒め言葉が嬉《うれ》しくて、夏樹はニコニコしながらてきぱきと後片づけをした。ひかりがくじ引きで当ててきたケーキを箱から出し、わあ、と夏樹は内心で歓声をあげた。ひかりはわかっていないようだが、味のよさに比例して値段も高い、高級洋菓子店のケーキだ。そういえば八重洲地下にショップがあったな、と思う。しっとりしたパイ生地に、クリームと栗の甘煮がサンドされていて、ブランデーの豊かな香りがする。直径十五センチほどのケーキだから、ここで一切れずつ食べて、残りはひかりが持って帰っても、傷めてしまう前に食べきれるだろう。うん、大丈夫、と思いながら紅茶とともにケーキを出した。

「わあ、おいしそうだねっ」

「このお店は、おいしくて評判なんだよ」

「そうなんだぁ。いただきますっ」

パクッと食べたひかりが、やはり満面の笑顔で、ホントだぁ、おいしいねー、と言う。夏樹も幸せそうに、おいしいね、と返す。互いの彼氏が見たら目尻《めじり》が下がりまくってしまうだろう、可愛い子同士のラブラブな光景だ。お腹も満たされて落ち着いたらしいひかりは、ケーキを頬張《ほおば》りながらきょろりと室内を見回して、わあ、と言った。

「綺麗な部屋だね。千佳士くんの部屋より綺麗に綺麗だよ」

「そう？」

「うん。千佳士くんの部屋は物が少ないから、カラッと片づいてるんだけど、藤池さんの部屋は、片づいてて、それで部屋にあるものが全部綺麗で綺麗だね」

「……えーと、インテリアっていうこと？」

「そ、そうっ。本に載ってる部屋みたいだよ」

そう言って、ひかりは主婦向けの雑誌名をあげた。ひかりがそうした雑誌を読むとは思わなかった夏樹が驚くと、ひかりは慌てて首を振って答えた。

「あの、千佳士くんが読むんだっ、僕は千佳士くんの部屋で見るだけっ」

「……ああ、バーベキューとかのメニューの研究？」

「そう。いつも同じメニューだとお客さんが飽きるからって」

「桃原さんらしいね。いつも完璧なホストを務めていらっしゃるもんね」

夏樹がそう言うと、ひかりがえへっと嬉しそうに笑った。桃原を誉《ほ》めてもらって嬉しいのだろう。二人が恋人同士ということはわかっているが、それでもひかりの様子は、お兄ちゃん大好きのお兄ちゃん子にしか見えない。ひかりと桃原は幼なじみということだから、恋人になった今でも、普段はおそらく兄弟のような雰囲気なのだろう。ひかりは嘘をつくのが下手《へた》、というよりも嘘がつけない子だと知っている夏樹は、二人の関係を隠すにあたって、いいカムフラージュになるねとクスクス笑った。

「そういえばひかりくんはまだ実家住まい？」

「あ、ううん、一人暮らししてるよ、千歳船橋《ちとせふなばし》なんだ。千佳士くんちのそばなんだよ、歩いて一分くらい」

「あ、桃原さんの近くに住みたかったんだ？　当たりでしょ？」

「う、うん……、あの、一人暮らしもね、千佳士くんのそばにいたくて、それだけで始めたんだ……、千佳士くんは反対したんだけど……」

「うん、桃原さんが心配するの、わかるな。ひかりくん、家事できなそうだもん」

夏樹がふふっと笑うと、ひかりは顔を赤くしてコクコクとうなずいた。

「そうなんだけど、でも……、千佳士くんのそばに、いたかったんだ……」

「わかるよ。好きな人のそばには、いつだっていたいもんね。付き合ってまだ二、三カ月だよね？　ひかりくんから告白したの？」

「えっ!?　あのえと僕っ、じ、自爆したっていうかっ、言う前にバレたんだっ」

言いながら、困った、とひかりは思った。その自爆は、目の前にいる夏樹が原因なのだ。でもそんなことは言えないではないか。どうしよう、とひかりが頭をグルグルさせていると、トロいひかりを知っている夏樹は、たぶんひかりが無意識に「告白言葉」を垂れ流したんだろうと推測して、うふふと笑った。

「でもそれで恋人になれたんだし、よかったじゃない」

「う、うんっ、よかったっ」

突っこんで聞かれなくてよかった、とひかりは思った。なんとかこの馴《な》れ初《そ》め話から逃れなくてはと思ったひかりは、すっかりカラカラになってしまった口に紅茶を含んで部屋を見回し、そこでようやくコルクボードに留めてある用紙に気がついた。ボードはひかりの真正面に設置されているから、今の今まで気がつかなかったひかりはやはりトロさの王様だが、ともかくひかりは、その用紙が部屋の間取り図であることを見て取って、目を丸くした。

「藤池さん、引っ越すの!?」

「ん？　あ、うん、そうなの」

「じゃあ大変だね……」

ひかりが、煩雑で体力と気力を使う引っ越し作業を思いだしながら、難しい顔で間取り図を見つめた。そこで部屋の間取り図が２ＬＤＫ……つまり一人で住むには広すぎる部屋だと気がついた。

「えっ、あのっ、も、もしかしてっ、恋人の人と、住むの!?」

「んー？」

「だってあのねっ、広いよねっ、だ、だから…っ」

「……うん。実はそうなの」

夏樹はニコッと笑ってうなずいた。これは驚くべきことだ。通常の夏樹であれば、プライベートなことは決して他人に言わない。美麗にほほえみながらも、背後にはいつも鉄のカーテンを閉めていて、その後ろは見せないのだ。けれどトロくてキレがないひかりが相手だと、どうも夏樹の鉄の用心も緩むようだ。もちろん聞いたひかりはさらに目を丸くした。

「そ、そうなんだっ、あのっ、えとっ、よかったねっ！」

「そう思ってくれる？」

「お、思うよっ、だってえっと、結婚するんだもんねっ、おめでとうございますっ」

「ありがと」

素直に喜んでくれるひかりがやっぱり可愛い。嬉しくて、うふふっと笑うと、綺麗で色っぽい夏樹にひかりは顔を赤くして言った。

「僕にできることがあったら、なんでも言ってくださいっ」

「うん？」

「あの、引っ越しの手伝いっ、僕、なんでもやりますからっ」

「あ、うん、ありがとう」

夏樹は優しくほほえんだ。過去二回の引っ越し経験を持ち、かつ手際も要領もいい夏樹は、トロさの王様であるひかりの手伝いなど必要としていないが、頑張るからねっ、というひかりの顔を見ては、ソッコーで断るのも可哀相な気がしたのだ。巧妙に答えをはぐらかして夏樹は言った。

「あのね、俺が彼と暮らすこと……、誰にも言わないでくれる？　桃原さんにも」

「あ、うん、わかってるよ。藤池さんに恋人がいること、僕、誰にも言ってないから、大丈夫です っ」

「うん、ありがと。ごめんね、桃原さんに秘密を作らせちゃって」

「う、ううんっ、これは僕の秘密じゃなくて、藤池さんの……えと、僕の友達の秘密だから、僕が千佳士くんに秘密を持つのと違うから、平気です」

「ふぅん、ひかりくんは桃原さんに秘密がないんだ？」

「うん。……え、藤池さんは恋人の人に秘密持ってるの!?」

「さあ、どうかなぁ？」

思わせ振りに夏樹がほほえむ。その婀娜《あだ》っぽい微笑に、ひかりはやっぱり顔を赤くして、せっせとケーキを口に運んだ。


土曜日になった。いよいよ不動産屋に行く日だ。

夏樹は昨夜、陶山の部屋にお泊まりをしたから、朝食のテーブルにはきっちりと、素敵な朝ごはんが並んでいる。陶山は熱々の味噌《みそ》汁を一口飲んで、はぁ〜と満足そうな息をついた。

「旨《うま》い。一緒に暮らし始めたら、毎朝ナツの旨い味噌汁飲んで、仕事に行けるんだな」

「うん、作るよ。でも出かける時間が違うから、給仕はできないと思うんだ、ごめんね……」

申し訳なさそうに夏樹が言う。陶山はふふっと笑って夏樹の髪をかき回した。

「そういうことを気に病むな。俺は夏樹に母親の代わりをやってほしいわけじゃない。ナツのおいしいごはんは、作れる時に作ってくれればいい。お互いに無理はしないってのが、結婚の条件。どう？」

「あの……、はい。ありがと」

「できることなら、俺の掃除や洗濯の仕方に、厳しいダメ出しはしないでもらいたいな。ほら、叱《しか》られるとやる気が失《う》せるから」

「べつにそんな、怒らないよ。怒るくらいなら最初から自分でやるし」

「うん、まあ、そのへんは、面倒だけど細かく声をかけていく感じで。あれやっといてとか、これはやらないでとか、それは絶対にさわっちゃダメとか」

「なにそれ、俺の科白《せりふ》？　じゃあ糺だったら、ごはんあるの？　とか、ごはん買っていく？　とか、ごはんどうする？　とか、そういうのだね」

「ごはんのことばっかりじゃないか。おまえ、俺のこと、でかい犬とか思ってんじゃないのか？」

「うん？　俺の作った料理をバクバク食べてくれる、素敵な旦那《だんな》様だと思ってるよ？」

「……わかってればいいんだよ」

偉そうに陶山は言うが、耳が赤くなっているので照れていることが丸わかりだ。夏樹はククッと笑った。素敵な旦那様は扱いも素敵に簡単だ。

朝からラブラブな雰囲気の二人は、十時になるのを待って、ビシッとスーツに着替えて不動産屋に向かった。人を見かけで判断してはいけないが、見かけで判断されることのほうが圧倒的に多いのが、現実社会というものだ。

「おはようございます。部屋を見せていただきたいのですが」

陶山の部屋とは駅を挟んで反対側にある不動産屋に入った。こういうシーンでは人当たりが抜群にいい商社マンに任せるべきだと思い、夏樹はよぶんなことは言わず、会社モードの微笑を浮かべて朝の挨拶《あいさつ》だけをした。個人で営業している不動産屋だが、応対してくれた四十歳ほどの男性は、個人不動産屋にありがちな尊大な態度ではない。感じはいいな、と夏樹はひっそり思った。

勧められるままカウンター席に座り、陶山が家から持参してきた物件のコピーを取りだした。

「こちらの部屋はまだ空いていますか」

「あ、こちらですね……」

店員がパソコンを操って、うん、とうなずくと画面を夏樹たちに向けた。

「空いております。部屋をご覧になりますか？」

「ええ、見せていただければ。ああ、わたしと、こちらの友人と、二人でお借りできればと思っているのですが、その点は……」

「えーと、ルームシェアという形でしょうか？」

「シェアというか、契約は各々できちんと交わして、どちらかが結婚で出ていくことになっても、大家さんにもこちらにもご迷惑がかからないようにしたいと思っております」

「はあはあ」

「今、それぞれが払っている家賃を足せば、もっと住環境のいい部屋に住めるのではないかと考えまして」

「ああ、なるほど」

商社マンのさわやかな素敵笑顔と、さわやかな口調は、不動産屋相手でも効果がある。しかも陶山から、店員が疑問に思っているだろうことを先に言ったのもよかったのかもしれない。店員は、なるほどごもっとも、という表情を浮かべている。陶山はニコッと笑って尋ねた。

「今、わたしは駅向こうの商店街の、ちょっと先に住んでおりまして。こちらはもうちょっと国道に近くなるんですか」

「商店街の向こうというと……、ああ、はいはい、あのあたりですか。そうですね、この物件は国道のちょっと手前になりますね。駅からの距離だと、お客様の現在のお住まいより、この物件のほうが少し遠くなります。大体歩いて十五分ほどですか」

「ええ、それは問題ないです。部屋の設備も希望どおりですし……。藤池さんもこれでいいんだよね？」

「はい、大丈夫です」

「うん。……それで、えーと、駐車場のことが書かれていないんですが、これは……」

質問をした陶山に、店員は大判の地図を取りだして答えた。

「駐車場はないんですよ。近くの駐車場を借りていただく形になりますね。このお部屋の近くですと、こういったところが今のところ、空いてます」

「うーん……、部屋から結構離れてるなぁ。月二万くらいですよね」

「そー……うですね、だいたい二万から、二万五千円といったあたりでしょうか」

「ですよね、このへんなら」

陶山はうんうんとうなずいたが、車を持っていない夏樹は、その駐車料金の高さに内心で目を剝《む》いた。

(なに!? 駐車場を借りるのってそんなにかかるの!? 二万なんて、家賃に代えたらもう一部屋分じゃないっ)

しかも部屋から離れているらしい。

夏樹はうんとうなずくと、店員にすっと顔を向けて言った。

「間取りは同じような感じで、敷地内に駐車場のある物件て、ありますか?」

「はい、えーと、2LDKで駐車場ありですね……」

素早く検索した店員が、分厚いファイルから三件の詳細コピーを取りだした。

「こちらですね。新築でいい物件も出ていますよ」

「はい、ありがとうございます」

間取りのチェックは夏樹の担当だ。まず台所の様子、台所の設備、それから部屋の配置とチェックしていく。三件をじっくりと見て、これ素敵！　と思ったのは新築だという物件だ。夏樹は目を輝かせて陶山に示した。

「ここ、いいんじゃないですか？」

「……うん」

　陶山はふふっと笑った。当然の対面カウンター、そしてシステムキッチンだ。部屋は一面採光で、大きなバルコニーもある。リビングダイニングの床暖房も気に入ったのだろう。陶山は陶山で収納にチェックを入れて、各部屋はもちろん、玄関にもウォークインの収納があり、納戸もあることが気に入った。なによりリビングダイニングの広さが、事前に調べてきた物件よりもずっと広い。最後にちらりと家賃を確認して、夏樹に言った。

「でも、家賃が高いよ？　車は敷地内に停《と》められるけど、結局、家賃とはべつに駐車料金払うんだよ？」

「うん、でも全部合わせて半分にしても、今の家賃と同じだし。陶山さんは？」

「俺は今より全然安くなるけど、でも、藤池さんに駐車代まで払わせるのはなぁ」

「その分、車を出してくださいって、時々お願いしようかなと、そんなふうに思ってるんですけど」

「それにしてもなぁ」

「とにかく、見せてもらいませんか？」

「うん、藤池さんがそう言うなら。……じゃあこの部屋、見せていただけますか」

陶山に言われた店員はさわやかに笑い、ご案内しますという言葉とともに、二人を車に案内した。

連れていかれたのは、店から車で五、六分の場所にあった。現在の陶山の部屋とは、近くの大学を挟んでちょうど反対側になる。九階建てのマンションは新築というだけあって、グレーのタイルの外壁もぴかぴか光っていた。まだコンクリートの匂いがしそうなほど新しいマンションに入り、五階の部屋に案内される。

「こちらになりますね。どうぞ、ご自由にご覧ください」

玄関を入ったとたん、夏樹はわあと内心で歓声をあげた。これまで住んできたアパートやマンションと全然違う。三和土《たたき》からして広いし、部屋の中に廊下が存在すること自体、贅沢《ぜいたく》に思えて嬉しい。玄関を入ってすぐ、左右に廊下が伸びている。左手がリビングダイニングに洋室で、右手に寝室と洗面、浴室などがあるようだ。夏樹は真っ先にキッチンのチェックにおもむいた。

「わあ、すごい……、すごく広い……」

シンクも作業台もたっぷりしていて、楽に作業ができそうだ。しかもガラストップのビルトインコンロまで装備されている。素敵すぎて夏樹はキャーと言いそうになった。背後には食器棚用のスペースも確保されているし、冷蔵庫置場は、食器棚と並べても庫面が前に出っ張らないように、後ろに深くとってある。憧《あこが》れのちゃんとしたキッチンだ。

「吊《つ》り戸棚……わあ、プルダウン式になってるっ」

　これが標準とは、新築って素晴らしい、と思った。キッチンに大満足の夏樹と違い、陶山は陶山で、各部屋のコンセントやら収納やらをチェックしている。

「あー、じゃあこれは、電話会社に頼めば二回線引けるんですね？」

「ええ、そちらはお客様のほうでお手続きいただく形になりますが」

「モジュラージャックはここだけか……、藤池さん、ちょっといいですか」

「はい？」

　まだ台所設備をチェックしていた夏樹は、陶山に呼ばれてキッチンを出ると、電話台のところに立っていた陶山に尋ねた。

「なんですか？」

「モジュラージャックがここだけなんだけど、無線ＬＡＮの設定、できますか」

「はい、そっちのほうは専門ですから。陶山さんと俺と、きっちり設定します」

「うん、安心だ。俺のほうは問題ないっていうか満足なんだけど、藤池さんは？　洗面所とか見た？」

「あ、いけない」

　台所にばかり気を取られていた夏樹は、慌てて洗面所に足を向けた。その洗面所も、そして風呂場も、今の夏樹の部屋のそれぞれ二倍はある。収納棚のついた広い洗面台は鏡も大きくて、身だしなみのチェックにいい。浴槽だって、しっかりと体を沈められる大きさだ。陶山が収納に文句はないというのだから、そちらもたっぷりあるのだろう。ここに住みたい、と思いつつ、夏樹はリビングに戻った。

「陶山さん、問題ないです。本当に全然、問題ないです」

「うん、そうか」

陶山はふふっと笑った。夏樹は、不動産屋さえいなければ、腕にしがみついておねだりをしそうな様子なのだ。

「電話も二回線引けるということだし、二人でも問題なく暮らせそうだな」

陶山がうなずくと、不動産屋がなにげなく言った。

「こちらのお部屋は新婚さん向けとして募集をかけているんです。ですから設備は整っていますよ」

「ああ……」

妙な具合に陶山が口籠《くちご》もる。夏樹がちらりと顔を見ると、明らかに動揺している。おそらく新婚という言葉に焦ったのだろう。夏樹はすかさずフォローを入れた。

「大丈夫ですよ、陶山さん。それぞれで契約するわけだし、さっきお店で言ったように、どちらかが結婚で出ていくことになっても、残ったほうが家賃は払い続けていくわけだから。……それなら問題はないですよね？」

「ええ。大家さんがルームシェアを敬遠するのは、まさにそこが不安だからで。お客様のように、それぞれで契約していただければ、支払い義務もはっきりしますしね、その点で問題はないと思います」

店員がニコッと笑って答える。絶妙なフォローに陶山はほっとして夏樹に微笑を見せ、ウチの奥さんは機転がきくし、しっかり者だと改めて思った。

「そうだ藤池さん、日当たりいいと思ったら、バルコニーが南向きなんだって。そっちの窓が東向き。採光は抜群にいいよね」

「はい。あ、駐車場は？」

「うん、立体らしいけど、すぐ後ろだし、今より便利です。……で、ここにする？」

「はい。ここがいい」

「オッケー」

陶山がニッコリと笑う。水周りに満足したらしい綺麗な奥さんを、このどこもかしこもピカピカの部屋に呼んで、一緒に暮らせるのかと思うととても嬉しい。陶山は控えめに待っていた店員に素敵笑顔を向けた。

「お待たせしてすみません。ぜひこの部屋をお借りできればと」

「あ、はい。では店に戻って借契約のお手続きを」

こちらもニッコリと笑う店員とともに店に戻った。それぞれ入居申込書を記入して、契約書と保証人の用紙を貰って、店を出る。契約書には住所と氏名を記入して、捺印《なついん》しておいてほしいと言われた。大家さんの入居審査にとおったら、その契約書を持っていって、大家さんのほうの住所やらを入れてもらうのだ。

不動産屋を出て、パチンコ店やドラッグストアが並ぶ狭い道を歩きながら、夏樹がいたずらっぽい声で言った。

「紘、さっき、新婚さんて言われて焦ったでしょ」

「あー……。バレた？　焦ったっていうか、照れて言葉が出なかった」

「んー、嬉しいけど、これからは気をつけてね？」

「ああ、うん。……え？」

「だってこれから一緒に暮らすでしょ？　なんかあの人たち怪しくない？　って思われるのは絶対避けないと。紘は俺と普通に結婚するつもりで、普通に俺のこと奥さんて思ってくれて、俺だってすごくすごく嬉しいよ？　でも周りの人たちは、俺たちみたいな関係って、ちっとも普通に思ってくれないから」

「だな。世の中にはいろんなメンタリティーの人がいるからな。ホモの隣に住みたくないっていう人や、ホモに貸す部屋はねぇっていう人もいるかもしれないしな。ごめん、もうちょっと根性つけます」

「謝ることないよ。……でもとりあえず、ホモじゃなくてゲイって言って」

「さすがプロ、そうした言葉にもこだわりがあるわけだ」

「プロって……、なんのプロ!?」

きい、と夏樹が怒る。陶山ははははっと笑うと、先輩が後輩をからかうふうに、少し乱暴に夏樹の髪をかき回した。

「さて、家に戻って今後のスケジュールを立てちゃうか」

「でもまだ借りられるって決まったわけじゃないよ?」

「御陵《ごりょう》商事本社の営業主任に部屋を貸さない大家なんて、まずいないよ」

「あ……、なるほどねぇ、そういうものなんだ。やだ、紕が大企業に勤めててよかったっ」

「これからもバリバリ働きますよ。なにしろ所帯持ちになるわけだからな。しっかりしないと。なあ、奥さん?」

「…だから、ね? そういうことを、外で、言わないで……」

注意をする夏樹だが、嬉しさで顔が赤くなっている。んっ、と咳払《せきばら》いをすると、甘える眼差《まなざ》しで陶山を見上げて言った。

「夕食の買い物してから帰ってもいい?」

「ああ、うん。鶏の照り焼きとかいいな」

「うん、じゃ、それメインでね。あとはどうしようかな、紕にはたっぷり野菜を食べさせないとならないから……」

夏樹が真剣な表情で考え始める。料理上手な奥さんを見て、陶山はてれてれと目尻を下げた。

週が明けた。

本日も夏樹は午後六時に会社の入っているビルを出た。SEとも思えない規則正しくも早い退社だが、それは十時間の仕事中、人の一・五倍は集中して働いているからこそ、なせる業《わざ》だ。人形のように綺麗な夏樹だが、仕事に対する姿勢はたくましいのだ。

陶山とは違ったふうにメチャクチャ働いている夏樹は、帰りの足を自宅マンションではなく、実家に向けた。父親に保証人を頼むためだ。駅へ向かって歩きながら、自宅にケータイをかけた。

「…あ、お母さん？　俺だけど、今会社を出たところなんだ。……うん、八時までにはそっちに着くと思う……、うん、はーい」

夏樹の実家は千葉県にある。東京都との境、江戸《えど》川を越えてすぐの市川《いちかわ》だ。駅から実家までは、JRからも私鉄からも歩いて三十分はかかるが、静かで緑が多くて、住環境は素晴らしい。なるべく実家に帰るようにしているが、そのたびに駅前の様子が変わっていて夏樹は驚いてしまう。南口は大規模開発が一段落ついたところで、様変わりするのもわかるが、もう開発のしようがない北口でさえ、商店の業態が入れ替わっていたりする。

ＪＲ市川駅に降り立ち、その北口に出た。駅前ロータリーを抜けるとすぐに、いつも渋滞している国道14号線にぶつかる交差点があって、角には老舗《しにせ》の洋菓子店がある。その店に入り、夏樹は両親の好物のサバランと、自分用にモンブランも購入した。ケーキとは思えないずっしりとした重さの紙箱を持ち、さくさく、さくさくと歩いていく。地元民でなければ絶対に迷うであろう、入り組んで曲がりくねった細い道をずんずん進み、私鉄の線路を渡り、もっと防犯灯を設けるべきだと思う暗い小道をしばらく行って、ようやく実家に到着だ。

「ただいまぁ」

「はい、お帰りぃ」

玄関で靴を脱いでいると、ひょいと母親が出迎えてくれた。夏樹はケーキの箱を指差した。

「サバラン買ってきたよ」

「はいはい、ナツよりこれを待っていました。お腹空《す》いてるでしょ、お父さんもう帰ってるから、ごはんにするから、手を洗っておいで」

はーい、と答えて夏樹はクスリと笑った。この甘やかされ感は特別だ。夏樹は長男だが、実は六つ上に姉がいる。それだけ歳《とし》が離れているので、小さい頃はともかく、姉が高校に進んだあたりから、姉弟ではなく「チー母とその子」といった感じになってしまった。つまり実家での夏樹は、「三人の親」からそれなりに甘やかされている息子なのだ。その姉は、就職と同時に独立して、やはり都内で一人暮らしをしている。夏樹よりもずっとしっかりしていて野心家で、性格だけを見れば、姉弟というより兄妹だ。

台所に入ると、食卓にはすでに父親がいて、テレビを見ていた視線を夏樹に向けて、なんとなく照れたような微笑を浮かべた。

「お帰り、ナツ。ケーキ、悪いね」

「ううん、いつもおんなじお土産でごめんね。また出張した時、名産品を送るからね」

「いいよ、いいよ、そんなのは。うん。うん」

お姉ちゃんより穏やかで細やかな気遣いをする息子に、父親は目尻を下げた。

久しぶりの家族三人での食事だ。だからといって特に豪勢なメニューではなく、煮魚に野菜炒めに具だくさんの味噌汁だ。けれどいつもの実家のメニューだからこそ、夏樹にとってはご馳走《ちそう》なのだ。和《なご》やかに食事を進めながら、父親が言った。

「引っ越すってことだけど、今度はどのへんなの？」

「ウチからはちょっと離れちゃうけど、江古田《えこだ》なんだ」

「ああ、池袋《いけぶくろ》のちょっと先の。江古田っていうと学生の街だね」

「うん。東大島よりずっと暮らしやすそうだから。部屋も、ちょうど新築のマンションが出てて、それ借りられそうなんだ」

「お友達と借りるんでしょ？」

「そう。仕事の関係で知り合った人なんだけど、歳が近いし、今ではいい友人なんだ。その人も一人暮らししててね、俺とその人の払ってる家賃を足せば、今より広さも設備もいい部屋を借りられるから、じゃあルームシェアしようかってことになったの」

「うん、うん」

引っ越すことや、ルームシェアの理由も、きちんと柔らかく話す夏樹に、やっぱり父親は目尻を下げた。

「印鑑証明、貰ってきてあるから。食事が終わったら保証人の用紙、書いてしまうから、すぐに持って帰れるよ」

「うん、ありがとう。引っ越しのたびにごめんなさい」

「引っ越すたびにいい部屋になっていくのは、お父さんも嬉しいよ。ナツもちゃんとやってるんだなって、わかるからね」

「三十歳でマンション買っちゃったお姉ちゃんには負けるけど」

「お姉ちゃんはすごいよねえ。荒野をブルドーザーで開拓するように、我が道を突き進んでいるね。ナツもお姉ちゃんも、二人とも頑張っていて、お父さんは嬉しいよ」

「うん」

目を細める父親に、夏樹も甘く微笑した。掛け値なしで自分を愛し、信じてくれる父親が、夏樹は大好きだ。

食事が終わり、食卓の上が片づけられると、さっそく父親が保証人の用紙に必要な事項を書き入れてくれた。

「はい、書けましたよ。これが印鑑証明。なくさないようにね」

「うん、ありがと」

二通を大事にバッグにしまう。そこへ母親がケーキとコーヒーを出してくれた。

「ナツのお土産。お父さん、まだ入る？」

「はい、いただきましょう」

たとえ満腹であっても、可愛い息子のお土産は食べるのだ。夏樹はやっぱり嬉しくてっふふと笑ってしまった。母親がケーキをぱくんと口に入れて、うーん、とうなった。

「やっぱりおいしいね。ここのサバランは昔から味が変わらなくて。でもナツは好きじゃないんだよね」

「んー、甘すぎる。香りは極上だと思うんだけど」

夏樹が首を傾《かし》げて答えると、ニッコリと笑って父親が言った。

「去年の暮れにナツが焼いてくれたケーキ、とてもおいしかったね。この……絶妙な甘さでね。お節も、お母さんが作るよりおいしかったね」

「そういうことはお母さんの前で言わないんだよ。毎日ごはん作ってるの、お母さんなんだから、もっと労《いたわ》ってあげてよ」

「うん、そうだね」

夏樹が眉を寄せて注意をしてもニコニコする父親だ。母親がふふっと笑って口を挟んだ。

「お母さんは毎日ちゃんと、労ってもらってるよ。心配はいりません」

「だって、お母さんよりお節が上手って言うなんて、ひどいじゃない」

「そんなことないよ、本当のことだもん。黒豆なんて売ってるのよりおいしかったわよ。ねぇ、お父さん」

「おいしかったねぇ。お姉ちゃんもナツも独立して、お母さんと二人になってから、毎年ウチで黒豆を煮るんだけど、いつもしわしわで堅くなって、食べられたもんじゃないんだよ。なにが違うんだろうね」

「ナツに怒られたんだけどね、途中でお鍋の蓋《ふた》を開けたらいけないんだって。ついついあれなのよね、煮えたかと思って蓋を開けちゃうの。あれがダメなんだって」

「そうか、そうか、我慢がいるんだ。今年はお母さん、我慢してみようか」

「うん、我慢、我慢。きっと丸く柔らかく煮えるわよ」

和やかに真剣に睦《むつ》まじく黒豆の煮方を話し合う両親だ。夏樹が、夫婦っていいと思うのは、この両親の姿をずっと見てきたからで、だから自分も両親のように、好きな人と結婚して睦まじい夫婦になりたいと願ってきた。実現はしないと諦《あきら》めていた夢が、陶山という夫を得て、現実のものになろうとしている。心底幸せだが、その幸せを両親に話せないことがとてもつらかった。

デザートも食べおわり、父親がよいしょとテーブルを立った。

「お父さん、お風呂に入ってくるよ。ナツはもう帰る？　車で送ろうか？」

「あ、いい、平気。保証人、ありがと」

「どういたしまして。また帰ってらっしゃい」

「うん」

また夏樹がニッコリと笑う。陶山が見たら、親にさえ嫉妬《しっと》しそうなほどの甘い笑顔だ。父親はうんうんとうなずきながら風呂場に向かった。夏樹は、ふう、と息をつくと、バッグを手元に引き寄せて言った。

「なんかやることある？　なければ帰るけど」

「……あのさ、夏樹」

「うん？」

いつもナツ、ナツと呼ぶ母親から、めずらしく夏樹と呼ばれて顔をあげると、母親はちょっと困ったような微笑を浮かべている。なにか話があるのかな、と思い、椅子《いす》に座り直した夏樹に、母親は柔らかな眼差しで、でも真っすぐに夏樹を見つめて言った。

「あのね、夏樹に聞いておきたいんだけど」

「うん、なに？」

「引っ越すでしょ？　それで、一緒に住むお友達ね……、本当に、ただのお友達？」

「ただの、って……？」

「本当は、お付き合いをしている人じゃないの？　夏樹の……、なんていうのかしら、恋人……、じゃないの？」

「どうして？　なんでそんなふうに思うの？」

夏樹はほほえんで、まったくスラッと尋ね返した。こういうことで人をはぐらかすことには馴れてしまっている。ただ母親にまでなんでもない顔ができることには、夏樹自身、驚いたし、いやな気分になった。けれどさすがに母親は、その「作り込まれたなんでもない顔」にすぐに気がつく。自分と夫が二十五年間、大切に育ててきた息子は、こんな作り物のような笑顔をする子ではない。

母親は、夏樹がよくするようにうふっと笑って、夏樹の手入れの行き届いた綺麗な手に視線を落として言った。

「あのね……、夏樹は、男の人を好きになるんじゃないのかなって、前から思ってたの」

「……どうして？」

「これっていう理由はないんだ。でも夏樹は、お姉ちゃんより、なんていうのかな……、気持ちの持ち方が女の子みたいだったでしょ」

「気持ちの持ち方って……」

「身だしなみに気を遣ったり、部屋だって、家族で一番綺麗にしてたし、お父さんやお母さんにも細かい気配りをしたり……、それは、そういう性格なんだって言われたらそうなんだけど……、

でもね、やっぱり、違うのよ……」

「そう……」

「お姉ちゃんも、夏樹はそういう子じゃないかって、言ってるんだ」

「お姉ちゃんも……？」

「お姉ちゃんのほうが先に気がついた……っていうかね、お母さんに、そうなんじゃないのかって、言ってきたの。お姉ちゃんはそう思う理由を教えてくれなかったけど、結構こう、きっぱりと言ってたんだ」

「そう、なの……」

母親だけではなく姉にまで気づかれていたと知って、夏樹は動揺した。母親はかわせるかもしれないが、姉は無理だと思った。リップクリームやハンドクリーム、洗顔料などの情報を、当たり前に姉と話していた。「こんな女子は嫌われる」といった少女雑誌の特集も、二人で笑ったり怒ったりしながら見ていたし、男性アイドルや若手俳優の話だって、ごく普通にしていた。まるで……、そう、まるで、姉妹のように。

（あ、も、絶対お姉ちゃんはわかってる……）

思わずギュッと拳《こぶし》を握りしめてしまうと、ふっと息をこぼした母親が、柔らかい声で言った。

「もし、夏樹がそういう子でもね、お母さんもお姉ちゃんも、いいって思ってるよ」

「……」

「でもさ、はっきり夏樹にたしかめたわけじゃないから、お父さんには話してないんだ」

「……うん」

「だからね。……夏樹は、そうなの？　引っ越して、一緒に暮らす人は、夏樹がお付き合いしている人なの？」

「……それ、は……」

「反対したくて聞いてるんじゃないよ？　もし夏樹がそうなら、いつかお母さんたちにも言ってくれると思うし、その機会がちょっと早まってさ、ついでに、今なら言いやすいんじゃないかなと思ったんだ」

「……うん」

夏樹は目を伏せた。母親にこんなふうに気を遣わせて、申し訳なくてたまらない。こんなこと、親なら言いたくないだろう。たとえ息子が「そういう人」だと薄々思っていても、知らぬ振り、そんなことはない振りをしたいだろう。それなのに、夏樹にとって一番言いやすい、絶妙のタイミングで聞いてくれたのだ。

（紘と一緒に、暮らし始めちゃう前に……）

同居を……、同棲《どうせい》を始めて、「そういう事実」を積み重ねてしまって、ますます親に言いづらくなる前に。

今、この場で、言ってしまいたいと夏樹は思った。自分のこと、これまで隠してきたこと、そして陶山のことも。そうしたらきっと、気持ちが楽になる。でも。

（紀にも関係してくることだから……、紀に相談しないで、勝手に言うわけにはいかない）

夏樹はキュッと唇を噛《か》むと、きちんと母親の目を見て言った。

「答えは、保留させてくれる？」

「そう。……うん、わかった」

「ありがと。……ごめんね」

「謝ることないよ、ナツ。でもいつか、ちゃんと答えを聞かせてね」

「はい。……じゃあ、これ……」

夏樹はバッグを開けると、ついさっき手渡してもらった保証人の用紙と印鑑証明を取りだした。

「お母さんに、預けておく」

「いいよ、持って帰りなさい。今の話と、部屋を借りることはべつだから。それがないと契約できないでしょ。ルームシェアする人に迷惑がかかるよ」

「……うん」

「じゃ、早く帰りなさい。お父さんがお風呂からあがってきたら、ナツ、困っちゃうよ」

「ん。……じゃ、帰るね」

無理に微笑を作って夏樹は答えた。母親の言ったとおり、今父親と顔を合わせて、あの「夏樹を超超愛しているよ」という笑顔を見せられたら、たぶん、隠し事に耐えられなくて言ってしまうだろうと思った。それも感情的に、もっともダメな言い方で。夏樹は小さな息をつくと、そっとテーブルを立った。

「ちゃんとまた、返事をしにくるから」

「その時あれよ、サバランと一緒にチーズケーキも買ってきてよ。ガーゼに包まってるみたいなのがあるのよ、おいしいんだ、あれ」

「あ、クレーム・ダンジェ？　うん、買ってくる。……え、サバランもクレーム・ダンジェも食べるの!?」

「一度に二個食べるんじゃないもの、今日一個、明日一個っていう計画だもん」

「はいはい、わかった、二個ずつ買ってきます。また来る時、電話するから。じゃあね」

「はい、体に気をつけんのよ」

はい、と答えて、夏樹は実家の玄関を出た。門扉《もんぴ》を出て、ふう、と溜め息をこぼした。別れ際にさらっと空気を変えてくれた母親の気遣いが、本当に嬉しくて、本当に申し訳なかった。

「……紀に相談しなくちゃ……」

なんて言うかなぁ、と夏樹は少し、不安に思った。

木曜日に陶山から電話がかかってきた。

『ナツ？　部屋、貸してくれるって。保証人の紙とか、書いてもらった？』

「あ、うん、もう貰ってあるよ。糺も？」

『はい、もちろん。で、今月の二十五日までに書類を持っていって、敷金、礼金やら払いこまないとならないんだけど、ナツ、いつなら時間取れそう？』

「ちょっと待って」

手帳を繰る間、ケータイの向こうから人の話し声が聞こえてくる。時刻は午後八時少し過ぎだ。陶山はまだ会社にいるのだろう。ご苦労さま、と思いながら、夏樹は答えた。

「糺と一緒。末になればなるほど忙しくなる。早めの土日が嬉しいかも」

『オッケ。じゃ今週末は？　金は俺が用意するからナツはいいよ』

「そういうわけにはいかないよ。半分こでしょ!?」

夏樹が怒ると、ふふっという笑いが聞こえた。

『わかってるよ。払わなくていいっていう意味じゃなく、契約する日は持ってこなくていいっていう意味。そういうところ、俺に甘えない奥さんだからな』

「だって、……だって、俺だって働いてるもん。半分払うのは当たり前でしょ？」

『はいはい、もうそういう面倒なことは全部ナツに任せるから、今から考えといて』

「え、なに、任せるって、…」

『家計。頼む、奥さん。俺はやりくりとかダメなんだ。ウチの財布はナツが握って』

「ちょ…っと、そこ会社でしょ!?　言葉を選んでっ」

叱ったが、また陶山ははははと笑った。

週末の約束をして通話を切った夏樹は、は、と小さな溜め息をこぼしてしまった。家計とか、財布を握るとか、奥さんとか。どの言葉も言われて嬉しい。夏樹は決して女性になりたいわけではないが、奥さんにはなりたいのだ。だから陶山の言葉のいちいちが嬉しかった。でも、その念願の奥さんになる前に、重くて大事なことを陶山に相談しなければならない。

「…楽しい気分に、水を差しちゃうね……」

それでも、秘密にはしておけない。

さて、いよいよマンションの本契約をする日になった。土曜日だ。本日を全休にするために昨日は遅くまで残業をした。そういうわけで陶山の部屋へお泊まりをしにいけなかったので、夏樹は朝の八時に家を出て陶山の部屋へと向かった。

「おはよー。紀、起きてる?」

九時半に陶山の部屋に到着して、玄関を入ってすぐに夏樹が言うと、起きてるよ、という声が返ってきた。

「ごめん、ナツ、来たばっかかで悪いんだけど、なんか簡単なごはん作ってもらえる?」

「あ、うん、いいよ。起きたばっかり?」

「つい十分前に。ヤバい、まだ眠い」

「寝ちゃダメだよ？　早めに契約終わらせて、部屋へ行かなくちゃならないんだから」

ソファでだらける陶山に、夏樹は熱いお茶をいれながら注意した。くあ、とあくびをした陶山が、涙をにじませた目で夏樹を見た。

「……なんで部屋に行くんだ？」

「サイズを測るの。各部屋の」

「なんで？」

「家具とか、どこにどう置くか決めないとでしょ？　紀は近所だから思い立ったらすぐに行けるだろうけど、俺はそうはいかないもん。こっちに来た時にやれることやっちゃわないと。紀も引っ越す時、やったでしょ、部屋の計測？」

「いや、やってない」

「えっ、じゃあ行き当たりばったりで、荷物運びこんだの!?」

「あー、うん。ベッドだけは寝室に置いてもらったけど、あとは全部、この部屋と台所に。で、一ヵ月くらいかけて現状にした」

「信じらんない……」

夏樹は小さく首を振った。本当に信じられない。あまりの計画性のなさに、背筋がぞくぞくするほど信じられなかった。事前に計画を立てておけば、あとは引っ越し業者がきちんと決めた位置に、家具や家電を置いてくれるのに、それすらも陶山はやらなかったというのだ。

（そんなの絶対いやっ、もう全部俺が仕切るっ）

夏樹は心の中で決めた。

陶山一人分の朝食を作って食べさせて、さり気なく追い立てながら支度をさせて、不動産屋へ向かった。本日は二人とも、スーツではなくほどよくラフな格好だ。線路を越えて不動産屋に入ると、前回部屋を案内してくれた店員が、笑顔で出迎えてくれた。

「おはようございます、お待ちしてました」

「おはようございます。連絡をいただいたので、契約をしにきました」

陶山がさわやかに言う。カウンターに二人並んで座り、必要書類をそれぞれ出した。

「契約書と、保証人の印鑑証明、保証人の用紙、それと俺たちの住民票。これだけでよかったんですよね」

「え、そうです、お手数をおかけしました。うん……、うん……、うん……」

一点ずつ書類を確認しながら店員がうなずく。なんとなく試験の採点を目の前でされているような気がして、夏樹は少しドキドキした。店員はすべての書類に目をとおして、一つ大きくうなずいて、笑顔を夏樹たちに向けた。

「すべて整っていますね。あとは敷金、礼金、火災保険料と仲介料、それに日割りでお家賃をいただくことになりますが、ご入居はいつになさいますか。今日からでよければ、今日、お部屋の鍵をお渡しできますが」

「ああ、じゃあ今日からで。引っ越しは後日、こちらの用意が整ってからで構わないんですね？」

「はい、それはお客様のご都合に合わせていただいて。では、日割りのお家賃も含めて……、こちらの金額になります」

店員が目の前でカタカタとパソコンに入力をして、プリントした用紙をカウンターに出した。陶山が内容をチェックしていく横から、ひょいと用紙を見て、これ一人で払うんだったら大変だ、と夏樹は思った。すべてひっくるめて八十万弱。

（あと最低でも照明器具とカーテンは買わないとだし、二十万くらいかかるかな？）

プラス、引っ越し代金だ。これまで目的もなく貯金をしてきたが、貯《た》めておいてよかったと思った。

（結婚資金に、なったもんね）

思わずうふっと笑ってしまったが、同時に母親の顔が思いだされて、ちょっと息が苦しくなった。言わなくちゃ、今日こそ紀に相談しなくちゃ、と自分に言い聞かせていると、店員が鍵をカウンターに置きながら言った。

「こちらがお部屋の鍵になります。二本。ご確認ください」

「はい、たしかに」

「それではのちほど、契約書に大家さんの判子を貰って、郵送いたします。二、三日で届くと思いますが、まだ現在のお住まいにおられますよね？」

「ええ。引っ越しの日もはっきり決めてないので」

「今月中という感じで、大丈夫ですか？」

「今月中……、遅くとも来月頭までには」

「はい。来月分のお家賃は、二十五日までに振り込んでください。で、えー、お二人それぞれと契約という形になっていますが、お家賃はお二人合わせてこの額ですので、お一人ずつ払いこまないようにしてください。倍額いただくことになってしまいますので」

「はい。じゃあひとまず、俺の名前で振り込みます。俺と藤池さんと半額ずつ振り込んだら、わからなくなっちゃいますもんね」

「はい、じゃあ陶山さんのお名前でお振り込みということで。ほかに、なにかございますか」

「いえ、なにかあったらまたお伺いします」

「はい、では、よろしくお願いします」

「こちらこそ、よろしくお願いします」

この瞬間、夏樹と陶山の「愛の巣」は確保された。

店を出るや、陶山が夏樹の髪を乱暴にかき回した。

「さて奥さん。俺たちの新居へ、寸法を測りにいきましょうか」

「外で奥さんとか……、もう」

怒る夏樹の顔も、嬉しさで緩んでいる。店から歩いて二十分ちょい、二人してニヤニヤしたまま新居のマンションに到着した。

「紀、オートロックの番号は？　聞いた？」

「ひとまず部屋番号だって。だから０５０１。あとで変更できるってことだから、覚えやすい番号、考えといて」

「ん、わかった」

細かいことは全部夏樹に任されているが、夏樹自身、自分で取り仕切ったほうが「安心」だと思っているので、素直に引き受けている。陶山は細かいことを気にしないところがいいところだが、本当に気にしないので、ロックの暗証番号だって、平気で「１２３４」などと設定しかねないと思うのだ。

さて、エレベーターで五階に上がり、まだ誰も住んだことのない五〇一号室の鍵を開ける。新築らしく、建材の臭いがする部屋に上がると、いきなり陶山が夏樹を抱きしめた。

「さあ、奥さん。俺たちの家だぞーっ」

「ちょっと、苦しい……っ」

「カーテンとか敷物とか、奥さんの好きにしていいからな」

「本当？　…ちょっと、ホントに苦しいよっ、放してっ」

「本当に家の中はナツの好きにしていい」

もう一度ギュッと夏樹を抱きしめてから、ようやく抱擁をといてくれる。夏樹はピョンと陶山から離れると、リビングへ向かいながら言った。

「さ、早く測っちゃおう」

「あ、うん」

陶山は、うなずきながらも、あれ？　と内心で首をひねった。奥さんとか俺たちの家とかインテリア選びとか、夏樹だったら頰を赤くして喜びそうなキーワードなのに、どうもはしゃぎが足りないように思う。

（……部屋の計測とか、やることがたくさんで、そっちに気がいってんのかな？）

夏樹が言ったとおり、引っ越しまでに夏樹はちょくちょくここに来られないわけだから、きっちり計画どおりにことを進めなければならないのだろう。できるだけフォローしてやらなくちゃと陶山は思った。

「紘ー、ねぇ、手伝ってよ」

「はーい、はいはい」

計画的な奥さんに呼びつけられて、陶山は言われるまま、部屋中の寸法を測っていった。夏樹が持参してきた間取り図のコピーが、数字でいっぱいになる。最後に照明器具のソケットの形状をケータイで写真に撮って、今日の現場作業は終了だ。くるりと部屋を見回して、測り忘れた場所はないかと確認している夏樹に、にやりと笑って陶山が言った。

「ナツ、台所は。確認しなくていいのか」

「え、もう測ったじゃない。冷蔵庫置場も食器棚置場も」

「いや、作業台の高さとか。ちょっと立ってみろよ」

「確認ていっても、こういうのは規格で決まってるものだから……」

「とにかくさ、立ってみろよ。どんな感じか」

「うん」

変なことを言うなぁと思いながらキッチンに入り、流しの前に立つ。夏樹が、これだけは欲しいと言った対面カウンターキッチンなので、そこに立つとリビングの陶山と向かい合う形になる。夏樹が少し眉《まゆ》を寄せて陶山を見れば、なぜか陶山の目尻はいやらしく下がっている。なに？と思う夏樹に、ニヤニヤしながら陶山が言った。

「……いい。サイコー」

「……なにが？」

「眺め。そうやって台所に立ってるナツの姿、こっちから見るの、すごくいい。対面カウンターにしてよかった」

「はあ……？」

「嫁ーっ！って、超実感する眺めだ。俺の嫁っ、嫁です、嫁さんですーっ、てさ」

「あのねぇ……」

「よし、ここに食事するテーブルを置こう。そうすれば台所に立つナツがよく見える。あー、やべぇ、ぞくぞくしてきた」

「今度はなに？」

「これで完全に、夏樹が俺のものになったたって思って。マジ、やばい。ナツお願い、引っ越したら俺を幸せぶとりさせて」

「お断りです。ダブルのスーツしか着られなくなったら、毎日目刺《めざ》しと冷奴《ひややっこ》だからねっ」

「ちょっとたぷたぷした俺もいいかもよぉ～」

バカなことを言って陶山は笑っている。夏樹は、まったく、と呟きながら、小さな溜め息をこぼしてしまった。こんなふうに自分との同居を喜んでくれる陶山に、なかなか言いだせない。母親が……、気がついているかもしれない、ということを。

（…相談したからって、べつに同居が取り止《や》めになるわけじゃないけど……）

純粋に喜んでいる陶山に、なんというか、シリアスな話ができない。でも先延ばしにすればするほど言いだしにくくなることもわかっている。どうしよう、と思い、夏樹はキュッと唇を噛んだ。そのとたん、ナツ？　と陶山に呼ばれて、はっとして夏樹は顔をあげた。

「あ、なに？」

「いや、なにって……、難しい顔してるから。流し台になんか問題あるのか？」

「あ、ううん、考え事してただけ。どこになにを置こうかなって」

「それは俺じゃアドバイスできないからな。車出すから、あちこち見にいって決めればいいだろ。ナツの好きな可愛いヤツで揃《そろ》えればいいよ」

「あ、うん。そう、カーテンとか、オーダーするなら早く注文しないとならないから、午後からとか、いい?」

「いいよ、今日、明日は空けてあるから。じゃあ今日はなに、カーテンと鍋?」

「お鍋とか台所用品は俺一人で買いにいけるでしょ? そうじゃなくて、テーブル。紀そこにテーブル置きたいんでしょ? 紀も俺もテーブルは持ってないんだから、それも見にいかないと。あと照明器具」

「あー、照明器具か。全然考えてなかった。じゃああれだ、近くで昼ごはん食べて、それからどっか見にいくか」

「うん」

夏樹はニッコリとほほえんでうなずいた。ところが陶山は、やっぱり夏樹がおかしいと思った。陶山と一緒に買い物なんて、通常の夏樹ならキャーと言って喜ぶところだ。しかし今の夏樹の微笑は、可愛いが、嬉しそうな微笑ではないのだ。なんだぁ? と内心で首をひねりながら陶山は尋ねた。

「ナツ、どうした?」

「え、どうって?」

「んー、なんかおまえ、いつもと違う。ノリが悪いって言ったら軽い言い方だけど、そんな感じがする。体調、よくないのか？」

「ううん、そんなことないよ、元気元気っ」

夏樹は可愛く「元気元気ポーズ」をするが、陶山はすぐに空元気だと見破った。言葉ではなく、様子で相手の状態を見て取るところは、夫として上等だろう。陶山は優しい微笑を浮かべて聞いてみた。

「もしかして、俺と一緒に暮らすことで、なんか問題でも起きた？　だったら話してみな？」

「あの、べつに問題なんかないよ」

「本当か？　俺に言いだしにくいような問題とか、あるんじゃないのか？」

「ないよ、本当だよ。ただ、これから忙しくなるなって思って、自分の段取りとか考えてただけ」

「ふぅん？」

「……なに……？」

夏樹は内心でちょっと焦った。陶山が、綺麗なビー玉でも見ているような、無心な眼差しで見つめてきたからだ。こういう眼差しに夏樹は弱い。嘘や隠し事ができなくなるからだ。

（あ、違う違う、隠し事じゃないよ、紀にはちゃんと言うんだもん……）

今？　それともお昼を食べてから？　それとも……。

夏樹は無意識に陶山にすがる目を見せてしまった。紕にいつ言えばいいの、という迷いが、どうしよう紕、と、陶山に助けを求めてしまっているのだ。陶山はじっとその目を見つめて、ふーむと考えて、言った。

「俺と一緒に住むことで、親がなにか言ったか」

「なっ…なんにもっ、なんにも言ってないよっ、だって俺、普通に引っ越すってことしか言ってないもんっ」

「あー……、まあ、そうだよな」

「そうだよ。た、紕こそ、なにか言われたんじゃないの？」

こそっと探りを入れてみると、陶山はふふっと笑って答えた。

「言われるわけないだろ。べつにやましいことしてるわけじゃないんだし」

「でしょ、だから俺だってなんにも言われてないもん。それよりお昼食べにいこう？」

ああ、と答える陶山から、夏樹はようやく視線を外すことができた。玄関へ向かって歩く陶山の後ろをついて歩きながら、そっと溜め息をこぼした。

（だよね、紕はもともとストレートな男だもん）

男とルームシェアすると言ったところで、陶山の両親がなにを疑うというのだ。たとえ夏樹がそのへんの女性よりも美人で、料理上手で気遣い屋さんだということが知れても、息子の嫁だとは想像すらしないだろうし、その息子がよもやゲイに「成り果てた」など、百パーセント思わないはずだ。

(紗だっていつか言わなくちゃならないにしても、それは今じゃなくていいわけだし……)

陶山は今、ただただ幸せだろう。そんな陶山に、母親のことなど言いだせっこない。

(結婚する前から夫に隠し事なんて、すごくダメなのはわかってるけど……)

とにかく今日は無理。

夏樹はふっと息をつくと、靴を履いている陶山の腕にギュッと抱きついた。

「ねぇ紗、話題の北欧家具店に行きたい」

「ん? ああ、あのでかいところか。いいよ。あんまり時間ないから、そこと、あと一、二店覗《のぞ》いて決めよう。ああ、カーテンだったら同僚に頼めば、社員価格でいいの買えるけど? 家具はさすがに社員価格っつっても十万単位になっちゃうから、それは無理だけどさ」

「そうか、紗の会社は揺りかごからミサイルまで売ってるんだもんね。そっか、カーテンねー」

「あと俺たちが買えそうなのは、ラグとか洋食器とか。まあ全部ホンモノになっちゃうから、普段使いには向かないけどさ」

「んー、じゃあお財布と相談してだね。ありがと紗」

「いーえ。使える同僚は使わないとな」

陶山はまったく当たり前の顔でそう言うので、夏樹はなんだかおかしくなって、うふふと笑ってしまった。とにかく、今日一日は、陶山の幸せ気分を壊したらダメ、と自分に言い聞かせた。

新居近くの蕎麦《そば》屋で昼食をとってから、車で夏樹ご希望の大型北欧家具店へ行った。とにかく野球場かと思うくらいに広い。陶山はうーんと考えた。

「一通り見て回ってたら時間が足りないよな？　ナツの計画ではどうなってんの？」

「えと、今日、明日で下見、来週の日曜に購入、引っ越し当日に搬入、がいいかなと思ってるんだけど……」

「だよな。それしか時間が取れないもんな。で、来月頭くらいに引っ越しだよな」

「うん……、きっちりといけばね。小物は俺が会社の帰りに買えるけど、大きいものは……」

「よし。じゃあとにかく、買わねばならないものを見よう。まずなに？　カーテン？」

「と、照明器具と、家具類」

「オッケー」

ここから一番近くの照明器具から下見を始める。電器店でよく見る、いわゆる「フツー」の照明器具はなく、どれもこれもオシャレだ。陶山は、どれを選べばいいんだと呟いたが、夏樹は迷わずにペンダントランプに品定めの目を向けた。

「食卓の上につける明かりは、このタイプの器具にしてもいい？」

「任せるって言ったろ。照明もカーテンもカーペットも家具も、ナツの好きなものにすればいいよ。俺はそういうのわかんないし、こだわりもないから」

「うん……、じゃ、任せてもらうね」

「食卓の上をこのタイプにすると、なにがいいの？」

「あのね、料理がおいしそうに見えるの。それに明かりがテーブルの上に集中するから、食べることにちゃんと気が向くっていうか」

「あ、なるほどなぁ。そういえば映画で見る外国の食卓も、大体こういう照明だもんな」

ふんふん、と陶山は納得している。夏樹はふふっと笑って、笠《かさ》の部分が琺瑯《ほうろう》製のランプに目星をつけて、手帳に価格を書きこんだ。

「次は居間の天井に取りつける照明だね。紀はテレビ観賞最優先なんだよね」

「うん、まあ、そうしてもらえると嬉しいけど、テレビ向けの照明があるわけじゃないだろ？だったらナツの好きにすればいいよ。シャンデリアはビミョーだけどさ」

「そんなの取りつけません。んー、じゃあ手ごろな直づけのと、フロアランプを二台買えばいいかな。そうすれば作業する時とリラックスする時と使い分けられるし、それだけ揃えてもここはみんな安いから、お財布に負担もかからないし。ねえ？」

「ああ、そうだな」

陶山は軽い相槌《あいづち》を打ちながら、ウチの奥さんはすげぇなぁと感心した。価格のこともそうだが、器具もきちんと生活シーンを考えて選んでいる。自分だったら明るければいいやとテキトーに買ってしまうところだ。夏樹がバンビのような目で厳しく器具選びをしている後ろをついて歩きながら、陶山は漠然と予感した。おそらく数年のうちに、自分はしっかりと夏樹の尻に敷かれるな、と。

寝室と書斎の照明器具も選び、次に食卓を選ぶ。陶山が、狭苦しいのはイヤだとめずらしく主張したので、四人用のシンプルなダイニングセットを選んだ。

「えと、ソファは、今紀の部屋にあるものを当分使うってことでいい？　なるべく出費を抑えたいの」

「なんでもいいよ。でもベッドは？」

「へ？」

「ベッド。今使ってるお互いのを持ちこむのか？」

「ダメなの？」

「いや、ダメっていうかさぁ、俺の夢がさぁ……」

「紀の夢ってなに？」

「ダブルベッドで一緒に寝たい」

「……っ」

あまりにくだらない夢なので、夏樹は思わず噴きだしてしまった。やっぱダメか、と照れ笑いをする陶山に、夏樹は笑いながら、小さく首を振って答えた。

「だ、ダメじゃないけど、ダブルじゃ狭いと思うよ。俺、これでも男だし」

「じゃあキングサイズ？」

「寝室に置いたら、ほかになんにも置けなくなりそうだけどね。でも今俺たちが使ってるベッドを二台入れるよりは、省スペースになるのかな？」

「じゃあ買ってもいい？」

「最後に判断します。必要なものを買って、予算が余ってたらね」

「予算て、俺、聞いてないんだけど」

「二十万を考えてるよ？」

「あー、それで必要なの全部か。うーん、ベッドは厳しいかぁ？」

「だから、最後に判断」

夏樹はまだプクク笑いながら、使い勝手優先で目をつけた食器棚の値段も控えた。そのあとは各部屋のカーテンと、ラグを下見した。夏樹は手帳を見ながら陶山に尋ねた。

「冷蔵庫とベッド。どっちか一つって言ったら、どっち欲しい？」

「ベッド」

「…だよね」

ふう、と溜め息をこぼした。夏樹はもちろん冷蔵庫が欲しいのだ。今夏樹が持っている冷蔵庫は一人用にしては大きい168リットルだが、二人暮らしでこれを使うなら、マメに買い物をして、使う・補充を繰り返さないとならない。野菜室だって小さくて、とても足りないはずだ。専業主夫ならいいが、仕事をしている身で買い溜《だ》めのできない冷蔵庫は厳しい。

(…まあすぐに買えなかったら、俺のと紘のと、二台使えばなんとかなるかな?)

うん、と夏樹はうなずいた。「結婚すること、奥さんになること」が夢だった乙女のような夏樹だが、いざ本当に結婚するとなると、女性のように新生活について現実的に考える。それは夏樹が女性的であるというよりは、陶山に任せていたらあとで自分が困るとわかっているからだ。それに今は、雑多なことをあれこれ考えて、気を紛らわせていたい気持ちもある。夏樹は無意識に溜め息をこぼすと、陶山を見上げて笑顔を作った。

「ここではこんなものじゃない?」

「そうか。じゃ、帰るか」

「うん。あ、スーパー寄ってね。夕食の材料、買っていかないと。なに食べたい?」

「トンカツ。トンカツ、トンカツ」

「そんな子供みたいに言わなくても。じゃあトンカツと野菜と野菜ね。んー、どうしようかな、豆腐のサラダと、あと温野菜かなぁ……」

独身男性の常で陶山は野菜不足なので、夏樹は自分が食事の支度ができる日は、陶山に無理なくたくさんの野菜を食べさせることに心を砕いているのだ。

そんな思いやりのある奥さんをちらりと見て、陶山はそっと息をついた。やっぱりどう考えても夏樹の様子がおかしいと思った。

(いつものこいつなら、カーテンやテーブル選ぶ時、キャーキャーキャーはしゃいだはずだ)

だが夏樹は、仕事でもしているように、てきぱきとそれらをこなしていった。スケジュールどおりにことを進めようと思っているにしろ、状況を楽しめていない様子なのだ。

(またなんか抱えこんでるな。…ったく、なんで俺に言わないのかね)

もちろんそれは、陶山にいやな思いをさせたくないとか、陶山に心配をかけたくないとか、そんなふうに夏樹が思っているからだとはわかっている。

(しかし、夫婦とはそれですむものじゃないんだよ、ナツ)

夫婦として、恋人気分をずっと持ち続けていることは理想だが、芯のところはがっちりとつながりあっていなければならないと思うのだ。それこそいいことも悪いことも、自分たち二人にとって大事なことなら、しまっておく引き出しは一つにして共有しなければならない。

陶山は、さてこの気遣い屋さんで心配屋さんで、臆病《おくびょう》屋さんで思いこみ屋さんの口を、どうやって割らせようかなと考えた。

帰る途中で大型スーパーに寄って食材を購入して、部屋に戻った。すでに七時近いので、すぐに夏樹が食事の支度にかかる。陶山がのんびりとテレビを見ているうちに食事はできあがり、揚げたて熱々のトンカツを、陶山は旨ーっ、を連発しながらもりもりと食べた。

「紘、野菜も食べて」

「食べるよ、トンカツ食べたら」

「ダメッ。カツを食べちゃったらもう野菜食べなくなるでしょっ!?」

「野菜食べたらカツが入らなくなるだろ」

「そんなこと絶対ない。もー、野菜食べたらカツを揚げることにすればよかった」

「……俺はおやつは宿題やってからよと言われてる子供か？」

「……」

不愉快そうに陶山は言うが、こうして叱らなければ野菜を食べない陶山を知っているので、夏樹は綺麗に無視をする。奥さんにツンとされるのはかなりこたえるので、陶山もくそうと思いながら野菜を食べるのだ。人が見たら失笑してしまう「躾《しつけ》」をされながらの食事を終えて、お茶を飲みながらのくつろぎ時間となった。ソファに座ってズズッとお茶をすすり、うーん、と陶山は考えた。

(回りくどく聞いたって、どうせこいつには口で負けるしな……)

夏樹は自分と比べて機転がきくので、言い逃れといったら悪いが、うまく話題をすり替えられてしまう。ここはやはり直球勝負だろうと思った。

台所掃除を終えた夏樹が、いつものように陶山の隣にピョンと座って、ペタリとくっついてくる。陶山もいつものように夏樹の肩に腕を回すと、ナツ、と、ごく普通の声で呼びかけた。うん？ と言った夏樹が、さらに体をすりつけてくる。陶山は言った。

「引っ越し……、ていうか、俺と暮らすことな。展開が早すぎるなら、予定を遅らせてもいいんだぞ」

「なに……なんで、急にそんなこと言うの？」

無意識だろうが、キュッと体を硬くした夏樹がそろりと見上げてくる。陶山はふふっと笑った。

「俺と暮らすことか、あるいは俺自身のことについて、親からなんか言われてんだろ？」

「そんなこと、…」

「ナーツー。俺は自分の奥さんの不安定さに気がつかないほど、無神経でも冷たくもないぞ」

「あの、えと……」

「おまえがどんだけ結婚したくて、どんだけ奥さんになりたかったか、俺はよーくわかってる。だから俺がプロポーズした時も、新居探しを始めた時も、おまえは幸せ全開って感じに浮かれてた。なのに保証人頼みに実家に戻ってからのおまえは、なんつーか、仕方なくくっつーか義務っつーか、そんな感じで予定こなしてる」

「仕方なくなんて、…」

「だから、そう俺に感じさせるくらい、おまえが変なんだよ。またなんか一人で抱えこんでるんだろ。本当は俺にすごく相談したいのに、俺が困ると思ってるから言えない。違うのか？」

「紀……」

「当たりだろ」

うつむいてしまった夏樹を見て、やっぱりなぁ、と陶山は溜め息をついた。体を硬くしている夏樹をギュッと抱きしめて、大丈夫だから、と陶山は言った。

「ナツは気遣い屋さんだから、俺の楽しい気分を台無しにしたくないとか、心配をかけたくない、だから重い話はしたくないと思うのはわかる。恋人の時だったらそれでもいいかもしれない。でもさ、夏樹。俺たちはもう結婚しちゃってるんだ」

「ん……」

「俺に言わなくちゃならないことがあって、でも言い出しにくいことで、だからいつかそのうちに、と思ってるなら、それは間違ってるよ」

「う、ん……」

「いいか。俺たちはこの先、五十年は一緒にいるんだ。おまえはその五十年間、ずっと、いつか言う、いつか言うと思って過ごすのか？　そんなことできないだろ？」

「……うん……」

「なにも俺は、秘密を持つなって言ってるんじゃないぞ？　たとえばヘソクリなんか、俺に内緒でいくらでもすればいいし、贅沢エステでうっとり時間を過ごすのもいいし、実はエロ小説が大好きとか、オタクなんですとか、そんなことはどっさり秘密にしてていいよ」

変な例え話に夏樹が思わずふふっと笑う。陶山も微笑を浮かべて、夏樹の肩を抱き直して、続けた。

「でもさ。今おまえが抱えてるなにかは、おまえ一人のことじゃないんだろ？　俺とおまえと、二人にとって大事なことなんだろ？」

「……うん……」

「だったら俺に言わなくちゃダメだろ？　もしこの先俺が会社をリストラされて、それをおまえに黙ってたら、おまえ、傷つくだろ？」

「……うん。すごくやだ……」

「それと同じことだよ。俺たちの人生に関係してくることは、俺たち二人の問題だ。だからおまえは俺のことを信頼して、何キロぐらいの重さかわかんないけど、それ抱えて俺にぶつかってこい」

「……何キロじゃなくて、何トンでもいいの？」

「トン級の問題か、上等だ。ほら奥さん。旦那さんに言ってみな」

「う、ん……」

夏樹はキュッと手を握りしめた。いざ相談するとなったら、心臓がものすごくドキドキした。緊張する。甘えるよりも頼ることのほうが緊張するのだと、初めて知った。夏樹は何回か深呼吸をして、陶山のズボンを握りしめて、小さな声で言った。

「あの、ね……、お母さんが……、俺のこと、気がついてたんだ……」

「…おまえのことって、つまり、ホモだって？」

「ゲイって言ってっ。……あ、えと、そうなの……」

「ふぅん。それで？」

「それでって……」

予想外に軽い陶山の反応だ。本当かよ、と驚愕《きょうがく》されても困るが、一ミリグラムも驚かれないと、かえってうろたえてしまう。ちゃんとわかってる？　という具合に陶山の目を覗きこんで夏樹は言った。

「だからね、俺がゲイだって気がついてるんだよ？」

「うん、今聞いた。で？」

「で、って……、その俺が、男の人と一緒に住むって言ったんだよ？　当然、同居相手は……、その、もしかしてって……」

「おまえの彼氏じゃないのかって？」

「う、うん……」

「で、なんて答えたの」

「あの……、俺がゲイってことも、一緒に住む人が彼だってことも、どっちも答え、保留してもらってる……」

「そっか。それで夏樹はどうしたいんだ」

「どうって……、それを糺に、相談したくて……」

「正直に言ったほうがいいか、言わないほうがいいか？」

「うん……。だって、それこそ俺だけの問題じゃないでしょ？」

「まあな」

やはり陶山は動揺もしない。のんびりとお茶をすすると、ニコッと笑って夏樹に言った。

「ナツが言いたいなら言えばいいんじゃないか？」

「え……」

まるで他人事のような陶山の言葉に、夏樹のほうが驚いてしまう。陶山に体を向けて、眉を寄せて夏樹は言った。

「言えばいいって、紀、わかってるの？　カミングアウトするってことなんだよ？」

「わかってるよ。ああ、もちろん俺のことも正直に言っていい」

「ねえ、本当にわかってるの？　こういう言い方はいやだけど、俺たちは普通じゃないって親に言うことなんだよ？　自分のことだけじゃなくて、家のことにも関《かか》わってくることなんだよ？」

「家って？」

「だから、跡継ぎとか、そういうことだよ。俺にはお姉ちゃんがいるからまだいいけど、…」

「へー、ナツにはお姉さんがいるのか。やっぱ美人なの？」

「…紀っ！　真面目《まじめ》に聞いてよっ」

「真面目に聞いてるよ」

「嘘ばっかりっ」

思わず陶山の胸を叩《たた》いた。一気に感情が高ぶって、涙がにじんでしまった。

「俺が正直に話すっていうことは、紀だってご両親に言わなくちゃならなくなるかもなんだよ!?」

「うん。俺はいつだって言えるよ。ていうか、…」

「嘘っ！　こんな、家族にとってはちっともありがたくない話、そんな軽く言えるわけないじゃないっ！　もっとちゃんと現実を見てよっ、他人事じゃないんだよ!?」

「そんな怒るなって」

陶山は苦笑をした。どうして夏樹が怒っているのか、まったくわからないといった笑いだ。唇を噛むなと言って夏樹にそっとキスをすると、指先で涙を拭《ぬぐ》って言った。

「現実はちゃんと見てるよ。他人事じゃないこともわかってる」

「だったら、…」

「だからこそだよ。夏樹がお母さんに言いたいなら、言えばいいんだ。そしたら俺も親に言うよ」

「な、なんでそんなふうに、軽く言えるの…っ」

「ちょっと泣くなよ、べつに軽くないって。大事なことだけど、生きるか死ぬかってほど深刻な問題じゃないだろ？」

「……っ」

「遅くとも十年、十五年後には親に言わなきゃならないことだ。それを、今言ったほうが夏樹の気持ちが楽になるなら、言えばいいってことだよ」

「だからっ、なんでっ……、こんな、大事なことっ、俺に、決めさせるの……っ」

「決めさせてるわけじゃないよ、ナツが言いたいなら言えばいいって、そう言ってるんだ」

「それが俺につ、決めさせてるってことじゃない……っ」

「そうじゃないよ、あぁ〜……」

夏樹はポロッと涙を落とした。陶山が言ったように大事なことなのに、なぜ「夏樹が言いたいなら」などと言うのか。どうして自分に判断を任されるのか、どうして一緒に考えてくれないのか、それが悲しくて仕方ない。陶山はそんなことはないと言うが、まるで他人事ではないか。

ポロポロと涙を落とす夏樹を胸に抱いて、しかし陶山は陶山で困惑していた。

(いや、ちょっと、なんでこんな泣くんだ?)

俺も言うからおまえも言え、などと強制しているわけではない。夏樹がいいように、夏樹の気が楽になるようにと、ただ夏樹の気持ちを尊重してやりたいだけなのに。

(いわゆるマリッジブルーってヤツか?)

だとしたら、刺激しないほうがいい。陶山は夏樹のふわふわの髪を撫でながら、落ち着かせるように低い声で言った。

「もし、俺と暮らすことにまだ不安があるなら、先延ばししてもいいよ」

「そ…じゃ、ない……」

夏樹はヒクッとしゃくり上げながら、そんなところに引っかかってるんじゃないのに、と思った。一緒に暮らすこと、生活環境が変わることなど些細《ささい》なことだ。もちろん一緒に暮らせれば幸せだが、暮らせなくても陶山を愛していることに変わりはない。問題なのは、その愛なのに。たとえべつべつに暮らしたとしても、陶山を伴侶として愛している。そのことを家族だけにしろ打ち明けることは、自分たちだけではなく、家族の人生設計も変更させてしまうことなのに。

(なのに、言いたいなら言えばいい、なんて軽く言うんだもん……っ)

夏樹のことをごく自然に奥さんと呼び、自分たちは事実婚をしていると当たり前に言う陶山は、自分たちのような同性カップルは社会的にほとんど受け入れられないということを、本当に理解しているのだろうかと不安に思った。もしこの先「奥さん」が「男」であるということで、思いもよらない困難にぶつかった時でも、陶山は今と変わらずに、ナツが奥さんでなにが悪いの、と言えるのだろうか。陶山のことは信じている。ただ、夏樹を、男を「嫁」にするということに、どれだけ根性を決めているのか、そこが不安なのだ。

夏樹は手の甲で涙を拭うと、そっと陶山の胸に頬を寄せて言った。

「紘と一緒に暮らすことには、不安はないよ……」

「……そうか。よかったよ」

陶山はそう答えながらも、夏樹の微妙な言い回しが気にかかった。暮らすことには、不安はない。ならば、なにに不安を感じているのだろう？　知りたいが、どうも不安定な夏樹を、今日こ

れ以上追い詰めたらいけないと思い、夏樹の髪にキスを落として言った。

「引っ越すまで、まだ時間はある。もう一回、日をおいて話そうよ」

「ん……」

「うん。……泊まってく？　それとも帰る？」

「……ごめん。帰る……」

「わかった。送っていく」

帰りの車内は無言だった。話すことがないのではなく、ありすぎて、でも雑談のノリでは話せないことだから、二人とも口をつぐんでいるにすぎない。以前なら、お互いなにを考えているのかわからないと不安になって、付き合っていけないと考えて、別れる別れないというところまで突っ走ってしまったが、今は考える時間を持つことを覚えた。それはきちんと愛し合っているからこそ持てるゆとりなのだと、二人ともわかっている。だから無言も苦しくない。

車が夏樹のマンション前に停まった。いつものようにキスをして、お休みを言って、別れる。そのいつものことに、二人とも穏やかな満足を覚えた。


翌、日曜日の午前十一時だ。夏樹は電話機の前にぺたんと座りこんで、はあ、と溜め息をついた。

「電話しなくちゃ……」

気が重い、と思いながら実家に電話をかける。呼び出し音を三回聞いたところで、いつものように母親が出た。

「あ、お母さん？　おはよう、夏樹だけど」

『あら、おはよー。朝からどうした？』

「大したことじゃないんだ、マンション、借りられたから、その報告」

『よかったね、これで一安心だ、お父さんも喜ぶよ。あとで言っておくからね。お父さん今、床屋さんに行ってるから』

「あ、うん……」

『電話番号は変わるんだっけ？』

「うん、たぶん。区が変わるから……、まだ番号わからないんだ、引っ越しの日も決めてないから……」

『ケータイあるから困らないしね。電話つながったらまた連絡してよ』

「うん、わかった……」

『…なに。なにかほかに用でもあるの？』

「あ、ううん、特にないけど……」

『じゃあほら、お母さん、お昼作ってるところだから。またなにかあったら電話しておいで』

「うん、ありがと。また電話するね」

じゃあね、と言って受話器を置いた夏樹は、あああ、と床に突っ伏した。

「もう……、いつもどおりなんだもん……」

母親は夏樹からの「答え」を聞きたいはずで、夏樹が答えるのを待っているはずなのに、少しもそんな素振りを匂わせない。夏樹を追い詰める、あるいは責めることのない思いやりが、かえって心に重い。

「……ホントに、言っちゃえば楽になると思う、けど……」

自分はゲイで、一緒に暮らす人は彼氏だと。けれどそれを言ったら、たぶん、その彼氏とはどういう人なのかと聞かれるだろう。

「紘がどう考えてるのかわかんないのに、名前とか、勤め先とか、俺が勝手に言えるわけないじゃない……」

陶山のことだから、言っちゃってよかったのに、などと軽く言うだろうが、こういうことは「言っちゃっていい」などと、なにかのついでにポロリと喋ることではなく、こちらから伝えるという意志を持って、「きちんと話すべき」ことだ。

「俺が女性だったら、紘だってこんな軽く考えないはずだよね」

両親への挨拶とか結納とか、そうした儀礼を必要とされない同性婚だから、陶山の気分も軽いのだろう。そう考えると、悲しみと同時に怒りも覚える。

「結婚しようって言ったのは紀じゃない。だったらもっとちゃんと、いろいろ考えてよ……っ」

袋小路にハマッた気分がした。心も頭ももう、いっぱいいっぱいだ。

それでも社会人である以上、自分の悩みばかりにとらわれているわけにはいかない。朝はきちんと起きて、会社に行って、働かねばならないのだ。

「藤池くん、引っ越すんだって？」

「……はい」

翌週、引っ越し先の新住所を総務に伝えたとたん、どこからどう聞きこんでくるのか、上司の汐見《しおみ》が、どうもいやらしい感じのするニヤニヤ笑いを浮かべて尋ねてきた。夏樹はちょっと溜め息をついてうなずいた。

月曜日に陶山が電話をかけてきて、来月最初の土曜に引っ越すことにしようと言われた。親に自分たちの関係を言う、言わないとか、同性婚についての考え方がお互いに違いすぎるといった問題はあるが、それとはべつに、引っ越しだけはしてしまわなければならない。なにしろ今のマンションは来月いっぱいで引き払うと、すでに不動産屋に伝えてしまっているのだ。

汐見は怪訝《けげん》な表情をする夏樹に、ヒヒッと、さらにいやらしい笑いをこぼして言った。

「なに。結婚の前に同棲？」

「……はぁ!?」

「でしょ？　彼女と」

「違いますよっ！」

「隠さなくてもいいじゃない、みんな知ってるんだからさ、藤池くんに結婚を約束した彼女がいることは」

「だから、ですねっ、俺には本当に彼女なんていませんっ、いないんですっ」

もう、と夏樹は溜め息をついた。なんでそういう「事実」が広まっているんだろうと謎《なぞ》に思う
夏樹は気がついていない。陶山という彼氏であり夫である男ができてから、夏樹は四六時中、幸せオーラを垂れ流している。同僚も上司も夏樹がゲイであることなど知るわけがないのだから、幸せオーラの原因は、当然、彼女だと思う。そして夏樹は恋愛において、「クソ真面目で隙《すき》がなくて、一線を越えるとは結婚の約束をすること」と考えるような「カワイイ男」だと思われているのだ。

その夏樹が引っ越すとなったら、それはもう絶対に彼女と同棲を始めるのだと、社内の誰もが思っている。確信している。汐見は人形のように綺麗な見かけによらず、バリバリに仕事のできる夏樹を可愛がっているので、好奇心が抑えきれずに夏樹本人にたしかめに出たわけだ。

夏樹は、まったく、といったふうに肩を落とすと、目をキラキラさせている汐見に、しなくてもいいだろう説明をした。

「男性の友人とルームシェアをするんです。今より格段にいい部屋に住めるんです。彼女とか本

当にいませんから」

「とかなんとか言って、実は彼女なんでしょうがぁ～？」

「違いますよっ。本当に彼女だったら、同棲なんてしないでスパッと結婚しますよ。それが一番いいじゃないですか」

「あれ、ホントに友達とルームシェアなの？　よく彼女が許したねーっ」

「……はい、わかりました。俺の彼女はまだ二歳なので、結婚まであと十四年必要なんです、だからそれまで友達と住むんです。これでいいですか」

「彼女、二十二なの⁉　若いねーっ、ちょっとみんなニュースだよーっ」

「違います、汐見さんっ」

どんどんおかしな話になっていく。もう知らない、と夏樹は口をとがらせた。こんなことでからかわれるのも二十代のうちだけだろうと思うし、十年も経てば「可愛いナッちゃん」も立派なオジサンになって、噂《うわさ》話のネタにされることもなくなる。それまでは我慢といったら言いすぎだが、聞き流していけばいい。

(紀のほうは大丈夫かなぁ。うっかり、奥さんと住む、とか口走ってないよね？)

呆れるほど素直に、そしてもう少し現実的になってよと夏樹が悲しく思うくらい、陶山は平然と「夏樹と結婚」「夏樹は奥さん」と口にする。もし陶山も今のように、同僚や上司から「彼女と同棲か」と聞かれたら、うっかりどころかナチュラルに「結婚したから」と答えそうで心配なのだ。

(口を滑らせたらどうなるか、周りにバレちゃったらどうなるか、ホントにわかってるのかなぁ、もう……)

ともかく夏樹は、いやにニヤニヤする同僚たちの視線を綺麗にスルーして、本日もきっちり五時で退社した。

「今日は本をまとめて、できるだけ箱に詰める。うん」

自宅に帰り、パパッと作った親子丼で夕食を終え、夏樹はうなずいた。計画屋さんの夏樹は、毎日きっちりと、自分で立てた引っ越しスケジュールに沿って荷造りを進めている。

「引っ越しまでには照明器具を取りつけて、ラグまで敷いておかなくちゃね……。その前に紐と……」

陶山からは、買い物の時にでも、もう一度、ちゃんと話をしようと言ってもらっている。陶山があのまま流してしまうのではなく、ちゃんと心に留めておいてくれることが嬉しい。

ふう、と溜め息をついて、本を大きさごとにまとめて縛っていると、ケータイが鳴った。急な仕事の呼びだしだったら泣けると思いながら液晶表示を見ると、かけてきたのはひかりだ。ひかりと話すと心が癒《いや》される夏樹は、うふっと笑いながら通話をつないだ。

「ひかりくん? こんばんは、今日はどうしたの?」

『あ、こ、こんばんはっ』

元気で一所懸命な口調から、頬を赤くして話すひかりの顔が頭に浮かんだ。抱きしめて癒されたいと思う夏樹に、あのねっ、と力むひかりの声が答えた。

『僕、千佳士くんにね、藤池さんが引っ越すこと言ったんだ、そしたら千佳士くんが、よければ車出しますってっ』

「え、桃原さんに、俺が引っ越すこと話したの？」

『うん、でも大丈夫だよ、藤池さんが恋人の人と住むことは言ってないからっ。フツーに、藤池さんが引っ越すって言っただけ』

「あ、うん、内緒にしてくれてありがと」

とりあえず礼を言った夏樹だが、内心では、マズイかも、と思った。なにしろ陶山と桃原は、会社の同期であり、とても仲のいい友人同士でもある。陶山が引っ越すことはきっと桃原にも言っているだろう。その陶山とまったく同じ日に自分が引っ越すなんて、勘の鋭い人なら、あれ？と思うだろうし、だいたい、自分の引っ越し先は陶山の引っ越し先なのだ。桃原に車など出してもらったら、一瞬で自分たちの関係がバレてしまう。なぜといって陶山は、「事実婚の奥さんがいる」と桃原に言ってしまっているのだ。

(ほらもう糺、いきなりややこしいことになっちゃったじゃない)

自然体なのはいいが、陶山の場合は自然体すぎると夏樹は思うのだ。ひかりに気づかれないよう、小さな溜め息をこぼして夏樹は言った。

「車は大丈夫。引っ越し屋さんに来てもらうから。桃原さんに、お気持ちだけありがたくいただきますって伝えてもらえる？」

『うん、わかったよ。じゃあ僕、荷造りの手伝いにいくねっ』

「ありがとう。でも俺一人で大丈夫だよ。そんなに荷物ないし」

『でも、通り道を作る時、一人じゃ大変だよっ』

「え……、通り道…？」

『そ、そうっ。段ボール箱に荷物を詰めていくとね、床が箱でいっぱいになって、部屋の外に出られなくなるんだよっ、それで通り道を作るのが大変なんだよっ』

「……っ」

夏樹は噴きだしてしまった。いかにもひかりがやりそうなことだ。笑われたひかりは、たぶん顔を赤くしながらだろうが、言った。

『も、もちろん、藤池さんはそんなことしないと思うけどっ、でも僕、これをあっちに運んでとか、それをここに入れてとか、言ってくればちゃんとできるよっ』

「う、うん…っ」

『ホントなんだよっ、本は箱の半分までとか、シャツは丸めて詰めるとか、ホントに僕、できるんですっ、僕いつも藤池さんに助けてもらってるから、こういうことしか頑張るのできないから、だからお手伝いに……っ』

「ん、そうだね」

夏樹は小さな笑いが収まらず、お腹痛いと思いながらも、可愛いな、と思った。ひかりの口調から、とにかく藤池さんのお手伝いがしたい、役に立ちたいという気持ちが伝わってくる。引っ越し馴れしている夏樹は、トロいひかりにわざわざ荷造りを手伝ってもらうまでもないのだが、お手伝いがしたいというひかりの気持ちが嬉しかったし、なにより一人で地味に荷造りをするより、ひかりという「癒しっ子」がいてくれたら、いろいろと暗い気持ちにもならないだろうと思い、手伝いというよりはそばに来てもらうことにした。

「ありがとう。それじゃ悪いけど、お手伝いをお願いしようかな」

『ほ、ホントー!? 僕、頑張るよっ。えと、いつ行けばいいですか!?』

「週末とか、平気? 急すぎる?」

『ううん、行けますっ、えと、土曜日ですねっ、何時に行けばいいですか? 早く行ったほうがいい?』

「そうだなぁ、じゃあ正午頃とか、大丈夫? お昼用意しておくから」

大丈夫です、とひかりは元気いっぱいに答えた。お手伝いできることに加え、夏樹のおいしい料理をまた食べられると思って、嬉しさ二倍になっているのだろう。駅まで迎えにいこうかと夏樹は言ったが、マンションまでの道は覚えてるから大丈夫と自信満々に返事をされた。夏樹のマンションは、一度来れば二度目からは迷いようのない、大変にわかりやすいところに建っているが、ひかりのことだから、迷子にならないとは言いきれない。けれどその時はその時で電話をしてくるだろう。ひかりが生きている今が、ケータイの普及している現代でよかったと夏樹は思った。

「さてと」

通話を終えて、夏樹は室内をくるりと見回した。

「ひかりくんが来てくれたら、オープンシェルフの分解を手伝ってもらおう。あと最低限の食器類だけ残して箱詰めしちゃって……、春夏の衣類も詰めちゃおうかな」

ひかりに手伝ってもらえることをやっつけてしまえば、夏樹一人の時は掃除に集中できる。よし、と夏樹はうなずいた。なるべく早く自分の荷造りを終えて、そして陶山を手伝いにいかなくてはと思った。

「…きっとほとんどやってないと思うし」

やらないのではなく、毎日が終電帰宅の陶山には、荷造りをする時間が取れないとわかっている。

「電気やガスの手続きはパソコンでできるから、今度行った時にまとめてやっちゃえばいいね」

しっかり者の夏樹奥さんは、独り言を呟きながら本をまとめていった。

さて、ひかりがお手伝をしにきてくれる土曜日になった。ちゃんと来られるかなぁと心配する夏樹だったが、正午少し過ぎにドアチャイムが鳴り、今日もやっぱり頬を赤くしたひかりがやってきた。

「こ、こんにちはっ、お手伝いに来ましたっ」

「はーい、いらっしゃい、ありがとう」

ひかりを室内にとおしながら夏樹は言った。

「お昼食べちゃおうね。ちょっと荷物でゴチャゴチャしてるんだけど、テーブルのところに座ってて」

「あ、はいっ。……わあ、藤池さん、ちゃんとちょうどいい箱、用意したんだね」

部屋に入ったひかりは、並べてある段ボール箱を見て感心したように言った。

「僕も引っ越す時にスーパーで箱を貰ってきたんだけど、小さかったりヘニョヘニョだったりで、千佳士くんに呆れられたんだ」

「ああ、丈夫で手ごろなサイズの段ボール箱って、スーパーでもすぐになくなっちゃうよね」

「そ、そうっ。それに畳んであるから、大きさがよくわからないんだ」

「んー、わかる。結構段ボール箱って、組み立てると小さいよね。……はい、ひかりくん、お昼」

「あっ、はいっ、いただきますっ」

パッと振り返ったひかりは、夏樹がドリアを持ってきてくれたので目を輝かせた。

「すごいねっ、藤池さん、ドリアも作れるんだねっ」

「オーブンがあれば簡単だよ。今度教えてあげる。桃原さんに作ってあげたら？　すごく喜んでくれると思うよ」

「う、うんっ、教えてくださいっ」

さらに頬を赤くしてコクコクとひかりはうなずく。ああもう、これだけで癒される、と思い、夏樹はうふふっと笑った。ドリアと赤と緑のサラダにコンソメスープ、それにデザートの梨《なし》までついた素晴らしいお昼を食べ終えて、いよいよ荷造り作業に取りかかる。ひかりは軍手まで持参してきていて、やる気満々だ。夏樹も軍手をはめると、それじゃあ、とひかりに言った。

「まとめてある本、箱に詰めるの手伝ってくれる？」

「はいっ。えと、箱の半分までですよね？」

「うん、そう。とりあえずこの四つに本を詰めたら、その上に衣類詰めてっちゃうから」

「そ、そうかっ、それで蓋を閉めちゃえば、箱を積み上げていけるねっ」

「そういうこと。じゃ、始めよう」

はいっ、というひかりの元気な声を合図に、作業はスタートした。集中して本を箱詰めしていくひかりを見て、夏樹はふふっと小さく笑ってしまった。初めてひかりと会ったハイキング会の時、ひかりはなにをすればいいのかわからなくて、ただおろおろと歩き回っていた。若干、機転がきかないのだろう。けれど今日のように、あれをやって、これをやって、と指示をすれば、まるで機械のようにきっちりとこなしてくれる。丁寧さと几帳面《きちょうめん》な作業を求められる仕事なら、素晴らしくちゃんとこなせるだろうが、そうでない職場だったら、ずっと平社員のままで終わるかもしれない。けれどひかりは、出世など気にもしないのだろうと夏樹は思った。

箱の下半分に本を詰めおわると、今度はその上に衣類を詰めていく。シャツ類はくるくる巻いて、パンツ類はタオルを芯にして、やっぱりくるくる巻いて箱詰めをする。最初の四つの箱がいっぱいになって蓋を閉めると、また次の箱を四つ組み立てて、同じように詰めこんでいく。お昼から始めた作業は、三時半頃には終了した。

「ようやく棚が空っぽになった」

ふう、と息をついて夏樹が言う。ひかりもコクンとうなずいて、オープンシェルフを指さした。

「これ、分解する？」

「うん、畳んじゃう。手伝ってくれる？」

「全然手伝うよっ」

ひかりは力強くうなずいた。夏樹は美人だし、ひかりは可愛いが、二人ともバリバリの男だ。二人でやればシェルフの分解などあっという間で、部材もきっちりと荷造り用のビニール紐《ひも》で束ねることができた。ウン、と夏樹は伸びをして、ひかりに微笑を向けた。

「一休みする？」

「ううん、大丈夫。まだやることあるよね？」

「食器を包んじゃおうかと思ってるけど……、でも俺一人でもできるから」

「せっかく僕がいるもん、僕でもできることは今日やっちゃおうよっ、僕はお手伝いにきたんだもんっ」

「そっか。うん、ありがと。じゃあ夕食までもう一頑張り、お願いします」

「はいっ」

さらに作業を進める。ひかりが丁寧に新聞紙を半分に切り、それを使って夏樹が余分な食器を包んでいく。包み終えたら、重ねて紐で縛って、プチプチシートにくるんで段ボール箱へ。小さな食器棚はあっという間に空になる。これは分解できないので、持っていくにしろ廃棄するにしろ、ガラス扉を外して新聞紙にくるんだ。夏樹はよし、と言った。

「今日できる作業は終わり。お疲れ様でした」

「ううんっ、よかったねっ」

「じゃあ夕食の支度するから、ひかりくんは手を洗って、テレビでも見てて」

「うんっ」

お昼に続いてまた夏樹のおいしいごはんが食べられるのだ。ひかりは満面の笑顔でうなずいて、言われたとおり手を洗って、テレビの前にちょんと座った。夏樹は、きちんと躾のされた犬のようなひかりをふふっと笑い、ハンバーグと温野菜サラダとスープという、やはり子供向けメニューの夕食を作った。ひかりは期待を裏切らず、ニコニコしながら、おいしいねー、と食べてくれる。夏樹はうふっと笑って言った。

「冬になったらシチュー作るね。食べにおいでよ」

「でも恋人の人に迷惑がかかるよ……」

「彼が出張でいない時に呼ぶから。新しい部屋には立派なオーブンもあるんだ、だからケーキも焼いてあげられるよ」

「ホントー!? じゃあ恋人の人がいない時に、僕行くよっ、ケーキ飾るのやらせてくださいっ」

「いいよ。綺麗でおいしいケーキ、作ろうね」

はいっ、とひかりはうなずいた。ひかりは、綺麗で優しくてなんでも知っている夏樹が大好きなので、その夏樹と二人でケーキを作って過ごせるのかと思うと、想像しただけでうっとりしてしまう。ほう、と吐息をこぼして言った。

「藤池さんは、料理もケーキも上手に作れるから、恋人の人は幸せだね。藤池さんが毎日ごはん、作るんでしょー?」

「作れる時はね。俺も仕事してるから、無理はしなくていいって彼も言ってくれるし」

「そっかー。…いいなぁ、藤池さんの恋人の人」

「へ? なにが?」

「だってさ、藤池さんはごはんが上手だし、部屋だってこんなに綺麗だし、洗濯したシャツにアイロンもかけてくれるもんっ」

「え、アイロン、かけないの？」

「えと千佳士くんは、明日着るシャツにはアイロンかけるけど、僕は全然かけないです、あの、うまくできなくて……」

「あ、うん、衿周《えり》りとか難しいよね」

「そ、そうっ、だから藤池さん、すごいなって思ったんだ、完璧な奥さんだよ、恋人の人は幸せだよ、ちゃんと結婚できてよかったねっ」

「ん、ありがと……」

ひかりは無邪気に結婚と口にする。男の夏樹が男と結婚するというのに、なんとも当たり前なふうに言うのだ。まるでミニチュアの陶山のようだ。

（あ……、ひかりくんなら、どう思うだろう……？）

ふっ、と、そう思った。名前のとおり、なんでも真っすぐに受けとめ、真っすぐに考えるひかりなら、自分のような状況に陥った時、どう考えるだろうと思った。

食事を終えて片づけをすませ、食後のコーヒーとデザートのシュークリームを出す。わあ、と喜ぶひかりに、夏樹は、あのね、と切りだした。

「ちょっと変なこと聞いてもいい？」

「う、うん、なんですか……」

「もし、もしひかりくんのお母さんが、ひかりくんのこと……、誰だかわからないけど、男の人と付き合ってるんじゃないかって言ったら、ひかりくんはどうする？」

「えと、僕のお母さんが、僕と千佳士くんのこと、気がついてたらっていうこと……？」

「ひかりくんの彼が桃原さんだとは知らないの。でもひかりくんが男の人とって……」

「あ、えーと……、千佳士くんに言います」

「だよね」

まったく思ったとおりの答えが返ってきた。ひかりならこうする、という考えがないのだろう。

そう思った夏樹は、ひかりが意外なことを口にしたので驚いた。

「でもきっと千佳士くんはね、僕がお母さんに『そうだよ』って言いたいなら、言えばいいって言ってくれると思う」

「え……、待って待って」

まさしく夏樹が聞きたかったことだ。夏樹は思わずひかりのほうへ身を乗りだした。

「桃原さんにそう言われたら、ひかりくん、困らない？」

「うん？　どうして困るの……？」

「どうしてって……、だって、言いたいなら言えばいいなんて、そんな大事なことの判断を任されて、重くない？」

「えと、判断……？」

ひかりにとっては思いがけない言葉だったようだ。夏樹はなにを言いたいのかと、宙に視線を漂わせて考えていたが、少しして理解したのか、真っすぐに夏樹の目を見て答えた。

「えっと、千佳士くんは、僕に判断を任せるつもりでそう言うんじゃないと思うよ、僕がどうしたいか、僕の気持ちを聞いてくれるだけだと思うんだ」

「気持ち……!?」

「う、うん。僕が言いたいって言っても、言いたくないって言っても、千佳士くんはきっと、そうかって言って、それから理由を聞いてくれると思うんだ。それで今度は千佳士くんが、千佳士くんの考えてることを言ってくれると思います。そのあとで、二人でどうしようかって相談すると思うんだ、だからべつに、判断と違うから、重くないです」

「……」

きわめて幼稚な説明だが、夏樹は大衝撃を受けた。判断を任されているのではなく、気持ちを聞かれているだけだなんて、そんな受けとめ方があるなんて、思ってもみなかった。夏樹は驚きすぎて、じっとひかりを見つめてしまい、ひかりの頬を真っ赤にさせながら言った。

「俺は……、彼が俺にそう言うのって、カムアウトするもしないも俺任せで、丸投げっていうか無責任っていうか、それくらい軽い気持ちでいるんだと思ってた……」

「藤池さんはしっかりしすぎてるもんねっ」

「は？」

「僕は藤池さんみたいに、素早くそこまで考えられないんです。だから思ったことをそのまま言っちゃうんです。でも、よく考えて藤池さんが言うみたいに、判断とか、大変なことだって思ったら、僕はきっと、わからないから千佳士くんが決めてって、反対に千佳士くんに任せちゃうと思います」

「……ああっ！」

まさかそんな単純で効果的な切り返し方があるとは、思いつきもしなかった。夏樹がびっくりして大きな声を出してしまうと、ひかりがビクッとして、ううっ!?　となった。夏樹は慌てて笑顔を作って言った。

「ごめん、なんでもないの。もっとひかりくんの考えを聞かせてくれる？」

「あの、でも僕のは、考えっていうほどちゃんとしてないから……」

「うん、でも聞かせてくれると嬉しいな」

「は、はい」

ひかりは「すごくちゃんとしている藤池さん」から意見を求められて、顔を赤くして言った。

「あの、えと、僕はいつも千佳士くんを頼っちゃうんだけど、そういうのとはべつに、千佳士くんに秘密を持ったらいけないって思うんです」

「秘密って……」

「えっと、僕は千佳士くんに秘密にしてることあって、あのね、……ほ、本当は僕、千佳士くんの昔の彼女のこと、好きじゃないんです、でもそれ、まだ秘密にしてるんだ……」

「あ、うん。それくらい秘密でもなんでもないよ、そう思うのは普通だよ、大丈夫」

「そ、そうなの？」

「そう。誰だって元カノのことなんか、心底から好きになれる人なんていないよ」

「う、ん……」

でも昔の彼女の人はなんにも悪くないし、と自分の考えに沈んでいきそうになったひかりだが、夏樹の視線に気づいて我にかえって言った。

「えと、だからね、そういう、ずっと秘密にしてても、僕も千佳士くんもお母さんたちも全然困らないことは、秘密にしててもいいと思うんです、でもね、僕と千佳士くんと二人のことで、秘密にしてたら千佳士くんも家族も困ることは、ちゃんと千佳士くんに言わないと、千佳士くんはきっと大ショックを受けると思うんです」

「でも……、打ち明けて、親にちゃんと言いたいって思っても、彼のご両親まで巻きこんじゃうでしょう……？　そういうのって、悩まない？」

「うん……？」

ひかりは再びじっくりと考えると、ふう、と溜め息をついて答えた。

「それはしょうがないと思います」

「……えっ!?」

あまりにも簡単すぎるひかりの答えだ。夏樹が唖然としてしまうと、ひかりのほうはひどく真面目な表情で続けた。

「だってしょうがないです、僕も千佳士くんもちゃんと結婚できないもん」

「え、と……」

「あの、そういうことじゃないの？　僕が男だから、千佳士くんと付き合ってるって言うと、お母さんたちを巻き込むっていう言い方になるけど、もし僕が女の人だったら、普通に両親に紹介って言い方になるってことですよね……？」

「あ……」

ひかりの真っすぐな感覚が、サクッと胸に刺さった気がした。そういうことだったのか、と初めて気がついた。巻き込むという言い方は、親に対して、やましいとか、後ろめたいと思っているから出てくる言葉なのだ。

（ああ、俺、どこかで、ゲイは後ろ暗いことだと思ってたんだ……）

日本《にほん》は宗教的に、同性愛を完全否定する土壌がないことは救いだが、それでも感覚的に、奇異の目で見られたり、気持ち悪いと嫌悪されることのほうが多い。その感覚の違いから、会社を解雇されたり、家族と疎遠になってしまったゲイの知り合いが何人もいる。だから人には可能なかぎり知られてはならないと思ってきた。けれど、社会風土や個人の恋愛感と、陶山を愛していて必要としている気持ちはべつだ。自分の人生を重ねていきたい人は陶山しかいないと「わかっている」気持ちは、社会にも、親にも、後ろめたく思うことではないはずだ。

（ごめん、紀……）

　ホモじゃなくゲイと言えと叱っておきながら、根元の部分では自分のほうが自分たちの関係を否定していた。陶山に申し訳なくて夏樹が肩を落としてしまうと、シュークリームをぐちゃぐちゃにして、悪戦苦闘しながらひかりが言った。

「でも僕たちは男同士だから、しょうがないですんでよかったと思います」

「……え？」

「うう、皮が切れない……、藤池さん、手で食べてもいい？」

「あ、うん、いいよ。クリームすくうのにスプーン出すね」

「ご、ごめんなさい」

　ひかりのシュークリームは小皿の上で、完璧に分解されている。夏樹が微苦笑しながらスプーンを手渡すと、ひかりはホッとしたように、手でシューを、スプーンでカスタードクリームを食べながら言った。

「もし僕が千佳士くんと結婚しても、男だから子供は産めないのは当たり前だもん。だから千佳士くんのおばさんたちや僕のお母さんたちは、跡取りとか孫とか、生まれなくて当然、しょうがないですませてくれるから。でも僕が女の人だったら大変だもんね」

「あ、そうか……、子供を産んで当然みたいなプレッシャーがあるか……」

「うん。なんかいろいろ事情があって産めないとか、赤ちゃんが欲しいけど授からないとか、ちゃんと理由があっても、子供を産まないって責める人がいたり、責められてる気持ちになったりするって、新聞に書いてあったりするよ」

「女性は子供を産むためだけに結婚するんじゃないのにね。でも法律の中に家制度が残ってるし、お姑《しゅうとめ》さんにすれば、自分にできたことがなんでお嫁さんにはできないのかって、感情で言ったりしそうだももんね」

「うん。だから僕も千佳士くんも、そういうところはよかったと思います。最初から、子供とか跡を継ぐとか、全部ダメなのはしょうがないって、思ってくれるから」

「しょうがないで、すんじゃうから……」

「う、うん。絶対ダメとか、許しませんって言われるのもね、僕が男だからっていう理由ならしょうがないもん。おんなじこと、僕が女の人なのに言われたら、僕、すごく大ショックだと思います」

「そうだね。人柄とか、生い立ちを否定されたらキツいもんね」

夏樹はふうと溜め息をこぼし、一所懸命シュークリームを食べるひかりに、ぽろりとこぼしてしまった。

「俺の彼ね、本当は男なんか好きになる人じゃないの」

「うん……？」

「フツーに、女性に好意を持って、女性とお付き合いをしてきた人なの。男同士なんて、彼の中にはなかった要素なの。俺が彼のこと、すごく好きになっちゃって……、なんて言えばいいんだろう……」

「あの、えと、僕もおんなじだよっ」

ひかりは初めて「しょんぼりする夏樹」などという、想像外の姿を見てしまい、慌てて指についたクリームを舐《な》めて答えた。

「僕だって、千佳士くんは女の人としか付き合わないと思ってたよ、だって僕、千佳士くんに、いつも彼女の人とか紹介してもらってたしっ」

「うわ、キツかったねぇ」

「う、うん。でもね、僕と付き合ってくれることになった時、僕が十二年も千佳士くんに片思いしてたから、可哀相に思って付き合ってくれることにしたんじゃないよ、僕のこと、ホントに好きだから付き合ってくれるってっ」

「うん」

「だ、だから、好きな人って、本当に好きじゃなきゃ好きにならないと思うんです、そういうのは男でも女の人でも同じだと僕は思うからっ」

「う、ん……」

「あ、あ、あのねっ、藤池さんから告白したかもしんないけど、告白されてさっ、振るのは可哀相だから男と付き合おうって思う男なんかいないよっ、恋人の人は自分で藤池さんを恋人に選んだんだよ、だから自分のせいで恋人の人が男も好きになったなんて、考えるのは変だよっ」

「そうかなぁ……」

「そうだよっ！　もともと女の人が好きな男が、男の藤池さんと結婚するんだよ⁉　テキトーな気持ちじゃないよっ、恋人の人は誰のせいでもなくて、ちゃんと自分で考えて藤池さんと結婚するって決めたんだもんっ、藤池さんはなんにも気にすることないよっ」

「……うん、ありがとう」

思いがけずトロいひかりに励まされてしまい、夏樹はこれまた思いがけずとても嬉しくなった。説明の仕方は幼稚この上ないが、しかしひかりの感覚は、しごくまっとうで真っすぐだ。夏樹はまったく感心した。こんなふうに考えられるのは、曲がったところのない人間だけだ。だから堂々と胸を張って生きていける。大切なのは、その胸を張って生きるという点だ。たとえ陶山の両親に、息子の人生を曲げたと言われても、陶山の愛情を信じればいい。人として真っすぐに生きていけば、親にも、他人にも、後ろめたく思うことはない。たぶんそれは男も女も関係なく、伴侶を持つと決めた時に据える根性だ。

（……うん。紖は俺の悪いところ、全部知って、それでも俺のことを愛してくれるんだもん……）

夏樹が陶山を誘惑したから、陶山は自分と結婚すると言ったわけではない。成り行き任せで男を「奥さん」にしたわけでもない。陶山はきちんと自分で判断して、夏樹を伴侶として愛していければ確信して、夏樹を嫁にすると決めてくれたのだ。だとしたら、その判断を夏樹自身が負い目に感じることはない。

なんだかひかりくんに教わっちゃったなぁと思いながら、夏樹は言った。

「ひかりくんはいつも太陽を向いてるみたいで、すごくいいね。俺もひかりくんみたいに生きなくちゃ」

「うぅっ!?」

まさかひかりにとっての「理想の男・バージョン2」である夏樹にそう言われるなんて、思ってもみなかったひかりは照れて大赤面した。自分のようなトロくてキレのない人間は、なんのお手本にもならないはずだと思って、汗までかきながらひかりは言った。

「あ、えと、千佳士くんにはねっ、僕はお日様が似合うって言われるけど…っ」

「うん。すごく似合うよ。明るくてあったかくて、ひかりくんがいるだけで安心できるよ」

「そ、そ、そうですか!?」

ひかりはさらに赤面して、照れ隠しなのだろう、皿にこびりついているクリームをせっせとスプーンでこそいで食べる。夏樹はうふふっと笑って立ち上がった。

「生クリームのシュークリームもあるの。もう一つくらい、食べられる?」

「あ、は、はいっ、生クリームのも好きっ」

「はーい、コーヒーのお代わりもいれるね」

夏樹は台所に立ち、やっぱりひかりくんは可愛いなぁと思った。話し方は幼稚だが、考えは真っすぐで丸い。一緒にいると、癒されるというよりも気持ちが安定する。桃原さんは幸せだなと思い、自分も陶山にとって、なにかあった時、心の拠《よ》り所となれるような伴侶になろうと思った。

(紘と、ちゃんと話さなくちゃ)

上手に話せなくてもいいのだとひかりに教わった。きちんと、自分に正直に、思っていることを伝えればいいのだと。

翌日、夏樹は陶山の部屋で昼食を作っていた。昨日、ひかりが帰ってから、陶山に電話をしたのだ。『会って話がしたい』と。陶山はふふっと笑うと、明日空けてあるよ、と答えてくれた。自分の行動を予測されている気がして、なんとなく夏樹は面白くなかったが、べつの見方をすれば、陶山は夏樹の取りそうな行動をわかってくれているということだ。

(それにたぶん、今日はダメ、とか言われたら、俺、紘に遠慮して、話したいとか言いだせなくなっただろうし……)

大切な話であればあるほど、夏樹は陶山に言いだせなくなる。言いたくないからではなく、心配かけたり悩ませたり、負担をかけたくないと思ってしまうのだ。陶山ふうに言えば、夏樹はなんでも一人で抱えこんで、悪いほうに考えて、思い詰めてしまうタイプだ。付き合い始めて間もない頃に、そうした悪い面をドバッと出してしまったことがあるので、陶山はその点をきっちり押さえているのだろう。

カレーピラフと野菜スープの昼食をとりながら、陶山がまったく普通の声で言った。

「とりあえず今日さ、一発目の買い物しようよ。で、帰ってきてから話をする。できる？」

「あ、うん。引っ越しの予定だけはずらせないもんね」

「いや、ナツがちゃんと買い物に集中できるのかなってこと。今日なにを買うのか把握してないんだけど、あとでさ、気に入らないからって簡単に買い直すってわけにはいかないだろ？」

「ん、わかってる。大丈夫、大きい買い物だもん、ちゃんと選びます」

「オッケ。ちなみになに買うの」

「ベッドと冷蔵庫以外のもの、買えるだけ。カーテンとラグは紀の会社で買いたいけど、ラグはともかく、カーテンはオーダーになるんだよね？」

「ああ、時間が足りないか」

「うん。今回はとにかく急いでるから、じゃあカーテンは今日お店で買うね。ラグは会社のほうで買わせてくれる？　ていうか、紀に買ってきてもらいたいの。俺が見にいくわけにいかないし」

「わかった。サイズと、こんな感じのっていうの、あとで詳しく言って。ほかは？」

「ほかに頼むものはないよ。カーテンと照明器具は今日買って持ち帰りして、ラグも早急に買ってきてもらって、次の休みの時に設置する計画なの」

「はーい。最後の最後に予算が余ってたら、ベッド買ってくれるんだよね？」

「優先順位は冷蔵庫、テレビ、ベッドです」

「はいはい、わかりました」

陶山は微苦笑をした。やはり夏樹奥さんは現実的だ。出かける前にパソコンから、新居の電気やガス、水道、電話などの開通、開栓、開線日時を予約して、出発した。下見に訪れていた大型家具店に行ったわけだが、下見していただけあって、夏樹はほとんど迷わずにあれこれと買っていく。陶山は、それこそ山のように商品を積んだカートを押し、下僕のように夏樹のあとにつき従いながら、こういうところは男だよなぁと思った。元カノとの買い物経験から、女性だったらこの五倍は時間がかかるだろうと思ったのだ。

レジに進む前に、夏樹は陶山を振り返って確認をした。

「全部俺が選んじゃったけど、本当にこれでいいの？」

「うん、いい。お姫様の部屋みたいにされそうだったら、俺もちょっとって言うけどさ。居心地のいい部屋になりそうだし」

「うん、じゃあ支払いしちゃうね」

夏樹は嬉しくてニコッと笑った。陶山がインテリアにこだわる人なら、全部陶山の趣味に合わせようと思っていたのだ。それが予想外に、すべて自分好みで部屋を調えることができた。なんだか申し訳ないなぁと思い、なんとか陶山の娯楽第一位であるテレビを買ってあげたいなと思った。

支払いをすませてから配送を頼む。大きさは関係なく総重量制の料金システムなので、予定より随分と節約できた。ただし家具類はすべて自分たちで組み立て・設置しなくてはならないから、引っ越し当日は大変だ、と思う。照明器具とカーテンを、トランクと後部座席にぎっしりと詰めこんで、ようやく帰路についた。

「あー、疲れたな」

高速に乗って、陶山はぐるりと首を回した。

「いっつも思うんだけど、なんで買い物って疲れるんだろうな。日帰りで地方へ出張するより疲れる気がする」

「んー、気疲れじゃない？　人がたくさんいるし、緊張するのかも」

「かもな。どうする、ナツ。夕食、どこかで食べてっちゃう？　疲れたし、帰ってから作るの、大変だろ」

「俺は平気だけど……、でも、久しぶりに外で食事もいいかも」

「よし。お食事デートだ」

とはいっても横浜中華街《よこはまちゅうかがい》まで遠出をする時間的余裕はない。陶山は、帰りのルート上にあるおいしい店を頭の中でカタカタと検索して、浜松町《はままつちょう》の高層ビルにあるフレンチにしようと決めた。本店はドレスコードがあるが、ビル店は、よほどラフな格好をしていないかぎり利用できる。高層階にあるので東京湾の眺めも素晴らしく綺麗で、デートにはもってこいの店だ。テーブルに着いた夏樹がふふっと笑うと、すぐに陶山が、なに？　と聞いてくる。夏樹は微笑を浮かべて答えた。

「紅が、釣った魚に餌《えさ》はやらないっていうタイプじゃなくて、嬉しいなって思ったの」

「ああ。俺は非常時に食おうと思って、釣った魚は大事に飼うタイプなんだ」

「魚もそこはちゃんとわかってるから、困ったらいつでも食べてください」

「あてにしてます。ヒラヒラで綺麗な熱帯魚さん」

陶山の言葉にまた夏樹はふふっと笑った。こういった、微糖という感じの会話が好きだ。付き合い始めの頃の、なにを言われても心臓が爆《は》ぜてしまうんじゃないかと思うような幸福感ではなく、潮が満ちていくような、じわりと心に染みる幸せを感じる会話。陶山は意識して甘いことが言えるタイプではないから、言葉はそのまま夏樹への思いを表している。あと三十年はこんな言葉を言ってもらえるように、陶山にとって魅力的な人間であろうと思った。

味も雰囲気も素敵だった食事を終えて、陶山の部屋に戻った。部屋に上がるや、わあ、と夏樹は小声で言った。

「やっぱり荷造り、全然だね」

「食器以外、壊れ物はないしさ。いざとなったら徹夜で、段ボール箱にガンガン突っこんじゃえばいいかと思って」

「俺のほうはほとんど終わってるから、荷造りにくるよ。適当にやっちゃうけど、いい？」

「うん、ごめん、頼みます。俺もできるだけやるから」

「紀はパソコンのデータだけバックアップしておいて。あ、お茶いれるね」

夏樹がタタッと台所に立つ。陶山は洗面所でのんびりと手を洗いながら、ウチの奥さんは最高だな、と思った。ちっとも荷造りができていなくても怒らず、逆に手伝いにくると言ってくれる。それは夏樹が陶山に対して恭順ということではなく、陶山が荷造りできない状況をわかってくれているからだ。作業する時間があるのに怠《なま》けてやっていなかったら、それはもう、角まで生やしてギャンギャン吠《ほ》えるだろうと思うのだ。

手洗いをすませた陶山は、お茶をいれてくれた夏樹をソファの隣に座らせて、手を握って尋ねた。

「話って、この間のことだろ？　お母さんに言うかどうか」

「あ、うん……」

「決めたの？」

「うん……」

夏樹は小さく深呼吸をすると、陶山のほうから話を切りだしてくれたことにホッとしながら言った。

「俺、ね……、言ってしまえたら楽になると思う……」

「うん。じゃあ言ったほうがいい。俺も親に言う」

「あのね、その前に聞きたいの。もし、もし今回のことが逆だったら？　俺のお母さんが、じゃなくて、紭のお母様が気がついてたら……、紭はどうした？」

「夏樹がいいって言ってくれれば、親に話すよ」

「…っ、だからねっ」

やっぱりだ。逆の状況であっても、陶山は夏樹に判断を任せてくる。夏樹はカチンときて、強い口調で言った。

「なんで俺にばっかり、そういうことを決めさせるの!?　紭の考えはないの!?」

「あるよ。俺はナツに任せてるんじゃなくて、いつだって言えるってことだよ」

「いつだってって、…」

「おまえと付き合い始めた頃だって、俺は親に紹介したかったよ。こいつが将来の嫁ですって。今だって言いたいよ」

「紭、…」

「でも親にそうやって紹介されるのは、おまえが重く感じると思った。だから、言う時はおまえの気持ちが決まってから言おうと思ってただけだよ。おまえの言うとおりに俺もするとか、おまえに判断を任せているとか、そんないい加減な気持ちでいるわけじゃない」

「でも紭、俺は男なんだよ？　結婚したい人を紹介するだけじゃなく、紭がそういう人だってこともバレちゃうんだよ?」

「それは夏樹、…」

「紀はもともとストレートな人なんだから、いきなり男と結婚するなんて言ったら、ご両親は倒れちゃうかもしれないよ!? それを思ったら、そんな簡単に俺をご両親に紹介なんて、できるわけないでしょ!? そのへんをもっと考えてほしいのにっ」

「ナツ、それは俺だってわかってるよ、…」

「わかってませんっ、紀は楽天的すぎますっ」

夏樹はキャンキャン吠える。まるで、抱いてやると言っているのに、洗われると勘違いして嫌がる犬のようだ。陶山は思わず笑ってしまい、キッと睨《にら》んでくる夏樹の頭を撫《な》でながら言った。

「そんな怒らなくてもいいだろ。夏樹が重く考えすぎなんだよ」

「重くって……、重いことだもんっ、紀はやっぱりわかってないっ、やだもう、やだっ」

陶山の手を振り払って夏樹は立ち上がり、そのまま玄関へ向かった。背後から陶山が、逃げるなよ、と言った。

「ナツ、逃げるな。一緒に暮らし始めたら、もう逃げるところはなくなるんだぞっ」

「……っ」

「言葉を重ねることを面倒がるなよ、ちゃんと話し合うことを覚えろっ」

「紀に言われたくない…っ」

夏樹は乱暴に玄関を出た。

残された陶山は、やれやれと溜め息をついて立ち上がった。

「しょうがないなぁ。ネズミ花火みたいなところ、なんとかならないか？」

いったん火がつくと、威力はないが手に負えなくなる。だがその火はすぐに消えるし、あとはただしょんぼりしてしまうこともわかっているので、面倒だと思うが可愛いとも思う。付き合い始めの頃はとまどった夏樹の癇癪《かんしゃく》も、今は扱いも含めて馴れた陶山だ。車のキーを手に取ると、夏樹の部屋に先回りして捕まえましょうと部屋を出た。

マンションから駐車場まで歩いて五分ほどかかる。住宅街の暗い道を歩いて駐車場に到着すると、夏樹が車の横にポツンと立っていた。

「……ナツ」

「……、逃げないもん……」

「だな」

うつむいたまま答える夏樹が可愛い。陶山はドアロックを解除すると、乗って、と夏樹に促した。

「部屋で話すとまた喧嘩になる。走りながら話そう」

「……うん」

夏樹が助手席に収まると、すぐに車が走りだす。陶山は首都高速に上がり、走行車線を流しながら言った。

「俺が夏樹のこと、いつでも親に話せるって言ったのはさ、熟慮を重ねてから打ち明けたとしても、親からすれば寝耳に水であることは変わりないんだし、どんなタイミングで、どんな言葉を使っても、親を驚かせちゃうに決まってるから、だから言うならいつ言ったって同じってこと」

「…でも紀は平気なの？　自分のこと、ゲイっていうか、紀はバイだけど、それ言うの、勇気いるでしょう？」

「いや、特には。悪いことしてるわけじゃないんだし、俺は自分で選んだ人を、親に紹介するのは恥ずかしいなんて思わない。それは男でも女でも関係ない」

「そ……そうなの……」

夏樹は顔を真っ赤にした。こんなふうにストレートに、伴侶として信頼しているのだと言ってもらえるとは思わなかった。もっとずっと軽く、言ってしまえば「結婚ごっこ」をするつもりでいるんじゃないかと思っていた。きっとあまりにも陶山の芯が真っすぐすぎるので、なにも考えていないように見えてしまったのだ。そんな自分を恥じた夏樹がうつむくと、陶山はふふっと笑って続けた。

「それにさ、言うったって家族にだけだよ。会社にバレるわけでもないし、俺たちは芸能人じゃないんだから、付き合ってることが世間に知られることもないし、知らせる必要もない。それはべつに世間に対して隠し事をするって意味じゃないぞ？　公私を分けてるだけだ」

「公私って……」

「家の中のことを外に知らせる必要はないってこと。部屋の中でどんな変態的なことをやってたって、社会に出さなきゃいいわけだろ？　それと同じ」

「でも、会社関係は……」

「今は会社が結婚しろってうるさく言う時代じゃないし、部長クラスで独身の男も結構いる。そういう世間体っていう意味なら、夏樹が心配することはなにもないよ。だろ？」

「でも、さ……。本当に独身貴族ならいいけど、俺のことっていうか……、一生隠し事するの、きつくない？」

「だからぁ」

夏樹の髪をくしゃくしゃとかき回して、陶山は微苦笑をしながら言った。

「隠し事じゃないんだって。プライバシーの問題なんだって。もし夏樹が女性だったとしても、俺は行く先々で、奥さんです、奥さんですなんて宣伝しないよ。そういうことだよ」

「う、ん……」

「おまえはホモっつーことを重く考えすぎだ」

「ホモじゃないっ、ゲイって言ってっ」

「あー、ごめんごめん」

夏樹がキャンと一吠えする。陶山は苦笑して言った。

「ナツはそっち方面のプロだからな、プロの意見があるのかもしれないけど、俺は素人だから。体面とか、カムアウトのこととか、ホモだってこととか、素人目線でしか考えられない」

「わかってます……」

「うん。で、夏樹はその素人と結婚するわけだから。ちょっとは素人の意見というか、感じ方も尊重してほしいなと」

「うん……、ごめんなさい……」

夏樹は小さな溜め息をこぼした。

「紀の言うこと、ないがしろにするつもりはなかったの。ただ……、俺はゲイのカップルが、家族のこととか、会社のこととか、いろんな面で苦労してるの、見たり聞いたりしてきたから……、俺たちはそうなりたくないって、心配しすぎてるのかも……」

「うん。でもその心配感は貴重だよ。たぶんそのうちのどれかは、いつか俺たちにも起こることだと思うしさ」

「かもね……」

「だけど、俺たちは俺たちだから。夏樹が想定してるような問題には、先に打てる手はすべて打っておく。想定外の問題が持ち上がった時は、俺たちにとってベストな解決策を一緒に考えればいいんだ」

「うん……」

「俺がホモの素人だってキーキー怒る前にさ、その素人が、プロの夏樹ちゃんを本気にさせて、落として、嫁にしたんだってことを思いだしてよ。もしまだおまえが、そういうことを俺の親に対して気にしてるなら」

「紖……」

「ただまあ、大っぴらにナツのことを奥さんて呼べないのは許してよ。ナツがずっと、結婚して奥さんになりたいって思ってたことは知ってるけど、そういうのは二人きりの時だけで勘弁な」

「そんなの、全然、俺は……」

「あー、勘違いするなよ？　俺たちの関係をやましいと思ってるわけじゃなくてだな、穏やかに生活していくための、まあ言うなれば手段だから」

「……うん」

夏樹は今度こそ安心して微笑した。陶山はこんなにちゃんと考えていたのだ。それをきちんと聞こうとしなかった自分が悪い。陶山ふうに言うなら、ホモのプロである自分は、素人の陶山をみくびっていたのだ。

「紖を旦那さんにできてよかったです……」

「お、旦那って言われるとムズムズするな」

「ホントに。あなたを選んでよかったです」

「……うん。そう言ってもらえて光栄です」

陶山がちらりと夏樹を見ると、夏樹はいかにも幸せで胸がいっぱいといったような表情をしている。陶山は満足そうにほほえみ、夏樹の手をキュッと握って言った。

「おまえが親に言う時は、俺も一緒に行くから」

「あ、ううん、それはいい」

夏樹も陶山の手を握り返して答えた。

「紘と付き合ってるって言う前に、俺がゲイだってことをまず言わなくちゃならないから。それは俺が一人で言わないとダメだと思うの」

「そうか。俺も近いうちに親に言うよ」

「でも……、大丈夫？」

「なにが」

「すごく怒って、……縁を切るって、おっしゃるかもしれないよ？」

「バカ。縁なんてものは勝手に切れるもんじゃないから平気だよ」

「勝手に切れるもんじゃない…？」

「そうだろ？　縁は結ぼうと思って結べるもんじゃないじゃん。空から縁が落ちてきて、その両端を持ったもの同士が結ばれるんだ。親子でも、仕事でも、恋愛でもそう。意識して結べないように、こっちの都合で切ることもできないものだよ。それが親子なら、いくら口で縁を切るったって、本当に切れるもんじゃない。なんたって命の縁なんだから」

「あ……、そうか……」

「そ。それにまぁ、うちの両親にかぎっては、そういう問題は起こらないから」

「どういうこと？」

キョロリと顔を向けてきた夏樹に、微苦笑を浮かべて陶山は答えた。

「母親はスーパーリベラルな人なんだ。恐れ入るほど度量が大きいんだよ。息子がホモになろうが女になりたいと言おうが、あとの人生に責任持てるならおやりなさいって言うような人」

「そうなの……？」

「そう。で、父親はガチガチの論理人。俺が男を伴侶にすると言ったら、なぜ女性ではなく男性なのかって、そこから議論を吹っかけてくる。一晩だって話し続けて、結果として納得すれば、世間体がどうの社会常識がどうのなんて気にもしないよ」

「な、納得させられなかったら？」

「平気。いい意味でウチの親はフツーじゃないから。夏樹が心配することはないよ。それより大変なのは、夏樹のご両親のほうじゃないか？」

「大変て……」

「なんつーか、うちの親と比べてフツーだろ？　だからその、感情面でさ」

「ん……、そうかも。でも、なに言われても、自分のことだから、自分で受けとめる。お母さんもお姉ちゃんも、もう俺のこと認めちゃってるみたいな感じだし」

「んじゃ問題はお父さんか」

「問題っていうかね……、お父さん、俺にメチャクチャ甘いの。猫可愛がりに近いくらい。だから俺がゲイですって言ったら、びっくりして気絶しちゃうかも……」

夏樹がふうと溜め息をつくと、陶山ははははと笑った。笑い事じゃないよと思った夏樹は、ちょうどPAの標示が出ているのを見つけて言った。

「ね、PA入ってくれる？　喉渇いちゃった、なにか飲みたい」

「オッケー」

陶山は、なぜかニヤリと笑うと、するりと車をPAに入れた。

巨大な螺旋道路が、幾重にも渦を巻いてスロープを作っているこのPAは、首都高随一の広さを誇る。その特異なデザインから、一度来たら忘れられないPAで、目の回りそうな螺旋道路を下りながら、夏樹が、あ、と言った。

「ここ、あの時の……」

「そう。おまえにプロポーズした時に寄ったPA」

「……あれからあっという間だったね。後悔してない？」

「おまえを嫁にすること？　後悔なんかするわけないだろ。まだちょっとやり残しがあるけど」

「うん？　やり残しって？」

「うん、まあ、ちょっと。……なんだ今日、日曜だっけ？　混んでるなぁ」

広い駐車場だが、七割方、車で埋まっている。それでも改造車に席巻されていなくてよかった。わりと空いているあたりに陶山が車を停めると、夏樹がシートベルトを外しながら、ジュース買ってくるね、と言った。陶山もシートベルトを外して答えた。

「いや、中の店で飲もうよ。ここのレストラン、メニューが充実してるんだ。おまえ、ケーキでも食べればいいし」

「んー、ちょっとだけ甘いものが食べたいかな。でも一個は食べられない感じ。……紀、半分食べてくれる？」

「いいよ。俺は熱いコーヒーが飲みたい」

夏樹が車を降りると、陶山はちょっと遅れて降りてきた。気にするほどの遅れでもないので、夏樹は特に、なにしてたの？　とも聞かずに、促されるままレストラン棟へ向かった。駐車場の中央に立っているシンボルマークの光の塔が、ライトアップされていて綺麗だ。そのシンボルマークにも、レストラン棟入口の中庭にも、クリスマスのイベント用だろうか、星やベルを冠したアーチが作り付けられている。時期になれば明かりがともって、素敵なイルミネーションになるのだろうと夏樹は思った。レストラン棟の一階は軽食や土産物の店、二階にレストラン、三階にファストフード店がある。陶山は三階か二階か迷った様子を見せ、結局二階のレストランに行こうと言った。

「紀？　俺、ファストフードでもいいよ？」

「いや、ファストフードはちょっと、今夜はな」

「は？」

「いやほら、コーヒーがさ」

「あ、うん」

この頃はファストフード店でもコーヒーに力を入れているが、やはり紙コップよりは陶製のカップで飲んだほうがおいしい。夏樹は納得して二階へ上った。レストランといっても食券を購入するシステムで、入口のショーケースの様子も、二昔前のデパートのレストランのようだ。夏樹がコーヒー二つとショートケーキ一つ分の食券を買って、店内に入る。店の真ん中のテーブルに着くと、ウェイトレスというよりは、やっぱり食堂のオバチャンといった感じの従業員が、水を出しがてら食券を取りにきてくれた。水を一口飲んで、陶山が言った。

「一休みしたら、上にいこうよ」

「上？」

「ちょっと歩きたい」

「あ、うん」

ずっと運転をしているので、足がだるいのだろう。そう思った夏樹が、申し訳なさそうな表情で言った。

「ごめんね、俺、車の運転ができなくて……」

「は？　なんでそんな話題が出るんだ」

「だって、歩きたいって……、足がだるいんでしょ？」

「べつに、箱根《はこね》まで行ったわけじゃないし」

陶山が苦笑をしたところでコーヒーとケーキが運ばれてきた。どちらも街中の喫茶店で出されるレベルのおいしさだ。コーヒーがこれだけおいしいなら、きっと食事もおいしいだろう。意外なところに名店、と夏樹は感心した。

ゆっくりとコーヒーを飲み、ケーキも半分こして、一休みして、店を出る。夏樹がバッグから飴を取りだして陶山に勧めると、受け取った陶山がひょいと上を指差した。

「三階に行こう」

「あ、うん」

階段を使って三階に上る。どうやら展望デッキになっているらしく、かなりの人がデッキを行き来していた。そのデッキに出たとたん、夏樹は目を見開いた。

「……綺麗…っ」

目の前に広がる光景は、まるでパノラマだ。横浜港を間に挟み、山下《やました》公園からみなとみらいまでが一望できるのだ。観光船がゆったり横切っていく湾に、街の橙色の明かり、高層ビルの冴えた黄色い明かり、大観覧車の金色のイルミネーションが映っている。夜空は濃いすみれ色だ。街の明るさに消されて星は見えないが、それでも夢のように美しい光景だった。陶山はこれを自分に見せたくて、三階のファストフードか二階のレストランか迷ったのだと夏樹は気がついた。

「綺麗……、すごく綺麗……」

「前見た時は六月だったよな。また見られてよかった？」

「うん、うん……っ」

夏樹は感動して、キュッと陶山のシャツを掴んだ。周りに人がいなかったら抱きついていただろう。夜景など会社から見馴れているはずなのに、横浜の夜景のほうが温かみがあって美しく思える。たぶん、プロポーズされた時に見ていた景色だからだろう。夏樹はそっと陶山の腕にもたれて言った。

「……また見せてくれて、ありがと……」

「六月にプロポーズした時は車の中だったからな。ちゃんと見せようと思ってたんだ」

「そうなの……、嬉しい……」

「うん。諸々の行き違い、食い違い、勘違いなどが解決したことだし。改めて言いますが」

「なに……？」

「藤池夏樹さん。俺と、結婚してください」

「……はい。喜んでお受けします」

「ありがとう」

二度目のプロポーズに、夏樹はしっかりと答え、陶山も満足そうにうなずいた。最初のプロポ

ーズの時よりも胸に迫るのは、夫婦になるということ、家族関係やこれからの人生の歩み方を共有できたことで、浮ついていた足が地に着いたからだろう。なにしろ最初のプロポーズの時は、陶山もグダグダな申し込みしかできなかったし、夏樹だってヘナヘナな答えしか返せなかった。今思えば、あれはプロポーズではなく、同棲の申し込みにすぎなかったと、二人して思う。

夏樹が幸せそうにうふっとほほえむと、陶山がさり気なく手を握ってきた。

「あー、やっぱ冷たくなってる。もう十一月になるもんな、冷えるよな」

「うん、でも平気……、え、紉……これ……」

陶山に掴まれた手を、夏樹はびっくりして凝視した。左手の、中指……、光っているのは、リング……。言葉が出ない夏樹に、陶山はふふっと笑って言った。

「やっぱ俺の薬指のサイズだ。ナツは指、細いな」

「紉……」

「気持ちとしては、薬指。でも対外的戦略として、中指にはめさせていただきました。結婚指輪」

「……あ、ありがとう……、すごく、嬉し……」

夏樹は指輪のはまった手をキュッと握りしめ、そっと頰に押し当てた。こんなことまでしてもらえるなんて、想像もしていなかった。泣くほどまではいかないが、それでも目頭がキュンと痛んだ。そっと手を開いてリングを見つめる。鈍く光るホワイトゴールドのリングに、同じくつや消しをしたホワイトゴールドが、本当に小さな楕円形にカットされて、アクセントとして載っている。陶山がわざと箱から出して剥きだしで持ってきたから、夏樹はこれがどこのブランドのリングかわからないが、あとで知ったら驚愕するくらいの超高級老舗宝飾店のリングだ。綺麗で可愛くて愛しい奥さんにふさわしいものをと、陶山が夫としての気合いを見せて選んだのだ。洗練されたお洒落なデザインのこれは、もちろんマリッジリングではなく、普通のアクセサリーリングだ。

「ホントにありがと……、これならいつでもしてられます」

「会社でなんか言われるようなら、外しちゃって構わないから」

「ううん、平気。でも紐はさすがにつけられないでしょ？　つけなくても、俺、気にしないからね」

「いや、俺は指輪じゃないんだ。これ」

陶山がズボンのポケットから、チャラッとなにかを取りだした。見せられたのはチャームだ。夏樹のリングより一回り大きいリングが、少しごつめのチェーンを使って、フックから下げられている。

「そうか、これなら紐も持ち歩けるもんね」

「はい。大っぴらにケータイにはつけられないけどさ。キーケースの中に、家の鍵と一緒につけておきます」

「うん。……すごく幸せ。ありがとう」

「どういたしまして。奥さんに喜んでもらえて嬉しいです」

「俺も、旦那様にそう言ってもらえて嬉しいです」

夏樹がふふっと笑うと、旦那様という言葉にときめいた陶山が、ふっと笑って言った。

「このままUターンして帰っちゃっていい？」

「うん、いいよ」

「では、奥さんをさらわせていただきます」

「え……」

ニヤけた声に陶山を見上げれば、この夜景にまったくそぐわない、ニヤけた表情をしている。

そういうこと、と思って夏樹はぷうと頬を膨らませた。

「もう。ムードが台無し。せっかくロマンチックな場所なのに」

「なにが台無しなんだよ。変なこと言ってないだろ？」

「顔と声がいやらしいっ」

「はいはい、いやらしくてごめんね。……夏樹」

「なにっ？」

「愛してる」

「……うん」

陶山の低い声にはちゃんと気持ちがこめられている。夏樹は自分でもたやすいなと思いながら頬を赤くした。たとえムードがわからず、欲望をストレートに表す夫でも、世界中の誰よりも自分のことを愛してくれ、必要としてくれ、理解してくれるのだ。いやらしいどころか、スケベ、ドスケベでも構わない。夏樹はうふっと笑って言った。

「家に帰ったらちょっと荷造りしようね」

「……はいはい、時間ないもんね」

「そのあとなら、俺のこと好きにしてもいいよ」

「……」

陶山が無言で夏樹の腕を取った。そのままグイグイと展望デッキをひっぱって歩き、駐車場へ向かう。このわかりやすさが可愛いと夏樹は思い、煌めく夜景に未練も見せず、陶山に従った。

陶山の部屋に帰りつくや、引っ越しの荷造りをした。帰りがけに寄ったスーパーで貰ってきた段ボール箱に、最低限、使うものだけを残して食器類を詰めこんでいく。陶山には、テレビ周りのものをとにかく箱詰めして、と命令した。DVDやビデオだ。若干不満そうな表情を陶山が見せたが、二週間DVDが見られないとなにが困るの？　と言ってやったら、口をとがらせてはいたが、黙って言われたことをやってくれた。それから季節はずれの衣類をすべて、箱に詰めこむ。

「今日はこれくらいでおしまい。もう夜中だしね」

あれよという間に段ボール箱がいくつも積み上げられて、陶山はようやく引っ越しするという実感が湧《わ》いたのか、はぁ～と言った。

「こりゃ大変だ」

「だから手伝うって言ってるでしょ。大丈夫、ちゃんと引っ越し当日までには、やっつけてあげるから」

「はい。ダメな夫ですいません」

苦笑をした陶山が、夏樹を抱きしめてキスをする。夏樹はククッと喉《のど》で笑うと、唇を放して流し目で陶山を見た。

「お風呂入ってきます。俺を好きにするのはそのあとで」

「ご褒美がいただけるようでなによりです」

陶山の言葉にまた夏樹はククッと笑い、ひらりと身を翻して風呂場に駆けこんだ。

風呂を出て、ヤバい、眠い、と思いながらベッドで陶山を待っていると、陶山が全裸でのしのしと戻ってきた。夏樹がふふっと笑って、やる気満々？　と尋ねると、夏樹を組み敷きながら陶山が答えた。

「パンツ穿《は》いて脱ぐ時間ももったいない。早くナツを寝かせてやりたいとは思うんだけど、抱きたいモードから抜けだせない」

「いいよ。久しぶりだもんね。ね……」

「うん」

キスをねだれば、色っぽく微笑した陶山が深い口づけをくれる。舌を絡めあって気分を高めていくうちに、スイッチが入ったように陶山が夏樹の肌を探り始める。口づけも乱暴なほど激しくなって、息苦しくなった夏樹が、んん、と抗議のうめきを洩《も》らすと、ふっと笑った気配で陶山が唇を放してくれた。

「ナツは肺活量が少ない」

「タバコ、吸ってる糺に、言われたくない……」

「もうやめたじゃないか。だから口寂しくてキスがしたくなる。ナツも協力してくれないと」

「いつも、協力してる、でしょ……」

「そうでした」

ふふっと笑った陶山が、今度は体中にキスを降らせていく。小さな胸の粒を舌と指先で硬くしこらせて、感じ始めた夏樹がピクンと肩を揺すったところで、ふと陶山は顔をあげた。

「ナツのここ、いつまでたっても可愛い色だよな」

「なに、やらしいこと言うの……」

「だって本当だから。俺が毎度毎度、しっかり可愛がってるのに、いつまでたってもサクランボみたいな色でさ。おいしそうでついつい口に入れたくなる」

「もう……、オヤジみたいなこと、言わないで……んん…っ」

オヤジと言ったことへの仕返しなのか、キリッと噛まれて夏樹は柔らかく身もだえた。夏樹の感じている姿を見ると、陶山はいつも無駄に興奮してしまう。艶《なま》めかしいからだろうと自分では思っている。可愛くて食べてしまいたいという興奮ではなく、ストレートに情欲を刺激される興奮だ。一言で言うなら「ヤッちまいたい」という気持ちになる。夏樹に言わせれば、「紈は火がつくと止まらなくなる」ということらしいが、それはエロい夏樹が悪いと陶山は思うのだ。

「あ、いや……」

肌をキツく吸われた夏樹が、ひどく甘い声で抗議した。陶山にしてみれば、もっと、と言われているような声音だ。ほら、やっぱり夏樹が悪い、と身勝手なことを思いつつ、ミルク色の肌にたくさんのキスの跡を残す。

「や、だ、紈……、跡、つけないで……」

「健康診断の予定でもある？」

「ないけど……、やなの、恥ずかしい……」

「いかにも情事の跡って感じで？」

ククッと笑った陶山が、おまけとばかりに下腹のきわどいあたりにも跡をつけた。そのまま夏樹のそこを口に含むと、あ、と吐息を洩らした夏樹が、陶山の髪をそっとかき回しながら言った。

「紈、俺が……するよ……」

「んん」

気にするな、といった感じにキュッと吸われる。夏樹はゾクッと腰をふるわせると、素直に陶山の与えてくれる快楽に集中した。陶山は丁寧にそこを舌で舐めながら、たっぷりと唾液《だえき》を絡ませていく。ベチャベチャにしてから唇でしごいてくるのだ。そうされるとひどく感じるが、卑猥《ひわい》な音もするので、夏樹はいつも恥ずかしくてたまらなくなる。

「紀、あ、あ……も、いい、やめて……あ……」

陶山はやっぱり笑った気配で、わざといやらしい音をたてて舐め吸う。どうも陶山は付き合い始めの頃から、夏樹を恥ずかしがらせて楽しむ癖があるので、若干のS傾向があるのではないかと夏樹は思っている。そのうちに腹の奥がキュウッとするくらい感じて、夏樹のそこもしっかりと硬くなると、陶山が体を起こした。

「ナツ、膝立てて」

「う、ん……」

いつまでたっても奉仕されることに馴れない夏樹は、恥ずかしさで呼吸をあげながら、そろりと膝を立てた。陶山が枕元からゼリーを取り上げる。手のひらにたっぷりと垂らして温めながら夏樹に言った。

「もっと足、開いて。手で膝抱えてさ」

「やだ……、恥ずかしいよ……」

「今さらなにが。昼間の野外でしてるわけじゃないだろ」

「だ、だけど……」

「いいから、ほら」

「もう紅……、意地悪いし、やらしい……」

「意地悪してるわけじゃないよ。やらしいのは本当だけどな」

無理やり夏樹に膝を抱えさせて、恥ずかしいというよりは屈辱的なポーズを取らせ、陶山はニヤニヤと笑った。夏樹の後ろにたっぷりとゼリーを塗りつけて、指の腹でマッサージをしながらほぐしていく。ここを攻められると弱い夏樹が、ピクンと足先を跳ねあげて甘い声をこぼした。

「あ、あ…紅、紅……」

陶山はそこを押し揉《も》むようにしながら、目を細めて夏樹の感じている表情を堪能《たんのう》する。

「…そんな声出すのはまだ早いだろ」

「だって…だって……あ、あ…あ……」

やはり陶山はいやらしい目つきで夏樹を観察しながら、そろりと指を押し入れた。中は熱く、しっとりとしている。ゼリーを奥へ送りこむようにしながら指を出し入れして、夏樹のそこを拡《ひろ》げていく。二本目の指を入れると同時に、夏樹の前も口に含んで、さらに夏樹を快感で泣かせた。

「ああ…、紅、紅っ、も、いい…っ」

「…んー?」

「も…いいか、ら…っ、も、入れて……っ」

「んんー」

夏樹をしゃぶりながら陶山は笑った。夏樹は後ろに欲しいわけではなく、もういきそうなだけなのだとわかっている。先にいきたくないのは、陶山がいく時に二度目の絶頂を強制されて、それが苦しいからいやだということもわかっている。時間に余裕がある時は、もちろん二度や三度は夏樹をいかせて、泣かせ倒して楽しむが、今夜もそんなふうにネチネチいじめたら、明日……いや、正確には今日だが、仕事に差し障る。わかっていて、それでも陶山は夏樹を抱かずにはいられない。

「紀ぅ……、もう、ホントに、お願い……」

夏樹がふるえ声で懇願してきた。後ろにはもう指が三本入って、くちゃくちゃと音をたてて拡げている。夏樹の前も硬く張り詰め、今にもいきそうなほど蜜《みつ》を垂れ流している。その蜜をチュウッと吸って夏樹に甘い悲鳴をあげさせて、陶山はようやく体を起こした。

「ゆっくり入れるからいくなよ。先にいったら最初からやり直しだ」

「ん、もう……こんなふうに、しといて……そんな意地悪……」

「意地悪じゃないって。よくてたまんない時に入れないと、おまえが苦しいだろ？」

「そ、だけど……、あ、や、まだ入れないで、いきそう…っ」

「我慢してろよ」

陶山はニヤニヤと笑いながら、待ってとお願いする夏樹をゆっくりと犯していった。

「あ、あ……あ……」

ぬる、ずる、と入ってくる陶山に、夏樹は肌が粟立《あわだ》ちそうなほどぞくぞくした。一息に貫かれたらいってしまうだろうが、だからといってこんなふうにジリジリと呑みこまされると、焦《じ》れったくてたまらないのだ。

「ただ、す……もっと、奥まで……深くして……っ」

「おっと……、すげぇ締めてくる……」

「早く、もっと……っ、いや、焦らさないで…っ」

「やらしい、ナツ。可愛い」

あごをあげて、あ、あ、と声をあげる夏樹が、本当にいやらしくて可愛い。もっともっとと、陶山を誘うように締めつけてくる後ろもいやらしい。そのいやらしさが陶山をますます興奮させる。さんざん夏樹を焦らしてあえがせて、ようやく根元まで埋めこんで、陶山はふふっと笑った。

「我慢できたな」

「ん、ん、紀、ねぇ、ねぇ……」

「足、放していいよ。俺が抱える」

「お願い、紀、も、して……して……」

「かわい……」

エロ可愛くおねだりをする夏樹がたまらない。こいつは俺のものだという気持ちが急激に膨らむ。陶山は満足そうにふっと笑うと、もう焦らしもせず、手加減もせずに夏樹を突きあげた。

「ああっ……あぁっ……」

欲しかった快楽を与えられて、夏樹が素直に濡れた悲鳴をあげる。桃色だった頬が紅色に染まり、苦しそうに眉根が寄せられるが、扇情的に緩んだ唇が夏樹の快楽を伝えてくる。その顔を見るといつも、綺麗だと陶山は思うのだ。ふだんでも夏樹は綺麗だが、陶山に攻められて泣いている時の夏樹は、剝き出しの綺麗さというか、陶山によって引きだされた表情ゆえに、綺麗で可愛くて、切なくなるほど夏樹を愛しているという気持ちが湧き上がる。陶山は短くて荒い呼吸をつきながら、もっと泣いてみせろ、もっとよがってみせろ、もっと俺に夢中になれ、もっと俺に溺《おぼ》れろとばかりに夏樹を攻めあげた。

「紘、あっあっ、紘ぅっ」

「いきたい？　もういきたい？」

「あぁっ、お願…っ、お願い、紘お願いぃっ、もうダメぇ……っ」

「……いいよ、ナツ…っ」

陶山自身も限界だった。腰をふるわせた夏樹にキツく締めつけられて、クッと息を詰めると、いけ、とばかりに夏樹の弱い部分を突きこすった。

「んんんん……っ」

甘く色っぽく夏樹が喉で泣く。ピク、ビクン、と腰をふるわせて、くそ、可愛い、と思う陶山を道連れに、夏樹は一息に上り詰めた。

「…大丈夫か、夏樹」

「うん。ちょっと緊張してるだけ」

膝の上でギュッと拳を握りしめている夏樹を見て、陶山は小さく息をついた。

夏樹の実家へ向かう車内だ。なにがあっても陶山が支えてくれると改めて信じた夏樹は、意を決して実家に電話をした。『話したいことがあるの』。そう言った夏樹に、一瞬の間をおいて、『それはやっぱり、そういうこと？』と母親が尋ねてきた。そう、と答えた夏樹は、お父さんにも話すから、都合のいい日を決めておいて、と言ったのだ。そうして平日の今日、実家に向かっている。

「紀も、わざわざ仕事、切り上げてきてくれなくてよかったのに」

「おまえが心配だから。どう考えても、ご両親にとっていい報告じゃないし」

「……うん。俺はなに言われても覚悟できてるけど、お父さんが倒れたら責任感じちゃうし……」

「とにかく、話が終わるまで、俺は待ってるから」

「ありがと……」

ふうと溜め息をこぼした夏樹の頭を、陶山は励ますようにグリグリと撫でた。

夏樹の道案内で実家の前に到着したのは、午後九時だった。シートベルトを外した夏樹に、陶山は言った。

「このへん、適当に走ってる。話が終わったらケータイ入れて」

「うん、わかった」

「…本当に一人で平気か？」

「うん。それに、いきなり紘を連れてったら、本当にお父さん、倒れちゃうから」

「わかった。じゃ、頑張れ」

「ん」

陶山にギュッと手を握ってもらって、夏樹は車を降りる。

玄関を入ると、いつものように母親が、台所からひょこっと顔を出した。

「お帰りー。ケーキ買ってきた？」

「あっ、忘れちゃったっ」

「もー、チーズケーキ、楽しみにしてたのにー。とにかく上がんなさい」

「うん……」

まったくいつもどおりの母親だが、それがかえって心に重い。この「フツー」の雰囲気の中、どうやって切り出せばいいのだろう。胃が痛い、と思いながら台所に入ると、父親もいつもどおり、愛情あふれるニコニコ顔を夏樹に向けてきた。

「お帰りなさい。ケーキならお父さんが買ってきたから大丈夫ですよ」

「え……？」

「夏樹のほうから話したいことがあるなんてさ。なんだかこう、ドキドキしてしまうね」

「……」

夏樹は冗談ではなくクラッとした。これはまさに、「結婚したい女性がいる」と言われることを期待している言葉だ。ケーキまで用意して、すでに嬉しさ満開状態だ。夏樹がそうっと母親を見ると、微苦笑を浮かべている。夏樹はキュッと唇を引き締めると、母親の定位置……父親の向かいの椅子に腰かけた。

「……あの、ね。今日、お父さんと、それからお母さんにも言わなくちゃならないことがあって……」

「うん。なにかな？」

ウキウキした父親の声に逃げだしたくなる。夏樹は深呼吸をすると、ごめんなさい、と頭を下げた。

「ごめんなさい。ずっとお父さんたちに隠してたことがあります」

「うん、言ってごらん」

「俺……、俺ね、……女性を好きになれないんです」

「……うん？」

父親は、笑いを含んだ、でもとまどったような声で言った。母親は横で小さな溜め息をこぼす。夏樹はどうしても正面から父親の顔が見られず、うつむいたまま言った。

「今まで付き合ってきた人は、みんな男性なんです」

「……えっ⁉」

「今まで隠しててごめんなさい、でもどうしても言えなくて…っ、ごめんなさいっ」

「いや夏樹、待ちなさい、お父さん、どうもよくわからないなぁ、その、夏樹は……」

「ごめんなさいっ、男の人が、好きなんです……、今、付き合ってる人も男性なんです……、本当にごめんなさい……」

「……」

シン、と沈黙が落ちた。夏樹の背中を冷たい汗がツッとすべる。三十秒は沈黙が続いただろうか。夏樹が呼吸を止めて、どんな結果が訪れるだろうと体を硬くしていると、母親が小さな溜め息をこぼして言った。

「夏樹が謝ることはないよ。べつに悪いことしてるわけじゃないんだし」

「でも……」

夏樹がそっと父親を窺《うかが》ってみると、父親は今にも卒倒しそうなほど顔を真っ青にしている。夏樹は小さな悲鳴をあげた。

「お、お父さん!?」

「ああ……、なんでもないから……」

父親はふらふらと立ち上がると、そのまま台所を出ていこうとする。夏樹もガタッと椅子を立ち、いきなりしょんぼりしてしまった父親の背中に向かって言った。

「ごめんなさい、お父さん、ホントにごめんなさい…っ」

「いや、いや……、夏樹が謝ることはないよ、うん……、ちょっとね、お父さん、混乱して……、ジュースを買いにいってくるよ……」

そう言ってふらふらと外へ出ていってしまった。夏樹はおろおろしながら母親を振り返った。

「お、お母さん……っ」

「平気よ。一回りして落ち着いたら帰ってくるわよ」

「うん……」

夏樹がへたりと椅子に座りこむと、こちらは異様に落ち着いている母親が、お茶をいれてくれた。

「よく、頑張って言えたわね」

「……もっと怒るかと思ってた……」

「お父さん？　そんな人じゃないわよ。ナツもわかってるでしょ」

「うん……。顔、真っ青だった……。ショックで寝こんじゃったらどうしよう……」

「大丈夫よ。お父さん、昔から、びっくりすると青くなっちゃうの。お姉ちゃんが転んでおでこに怪我《けが》をして、顔中血塗《ちまみ》れにした時なんか、青いをとおりこして真っ白になっちゃったんだから」

「うん……」

「大丈夫だって。お父さんは、ちょっとは偏見はあるかもしれないけど、こういうことで差別はしない人だよ」

「そう……」

夏樹はようやくホッと息をついて、湯呑みを両手で持って、緊張で冷たくなってしまっている手を温めながら、小さな声で言った。

「…お母さんは平気なの……？」

「平気も平気じゃないもないでしょ。これはこうなんだから」

「そうだけど……」

「言ったでしょう、ナツがそうなんじゃないかって、なんとなくわかってたって。お姉ちゃんなんか高校生の時だよ、ナツのこと、気がついたの」

「えっ、お姉ちゃんが高校生って、俺、中学に入ったばかりじゃないっ」

「それだけナツのことを可愛がって、注意深く見守ってくれたってことよ」

「ん……」

「あれからもう十年ちょっとか。ナツがいつ言ってくるかなって、まあ、覚悟というか、してたからね、お母さんは」

「……うん。ごめんなさい……」

「だから、謝る必要はないよ」

「ん……」

もうなんだかいろいろと、立つ瀬がない気分だ。うつむく夏樹に、母親がズズッとお茶をすすって言った。

「それでさ。その、お付き合いしている方。一緒に住む方なんでしょ？」

「うん……」

「どんな人なの？　ちょこっと聞かせてよ。イケメン？」

「イケメンて……」

息子のコイバナを聞き出すような軽い口調は、母親なりの気の遣い方だ。夏樹は苦笑をして答えた。

「歳は俺より二つ上なの。御陵商事に勤めてて、営業主任なんだ」

「御陵商事って、あれー、すごいいい会社に勤めてるのね。へえー、いつから付き合ってるの？」

「んと、知り合ったのは春なの。ちゃんと付き合い始めたのは六月……」

「ふぅん、付き合ってまだ四、五ヵ月？　それで一緒に住んじゃうんだ？」

「あのね、勢いとかじゃないんだ、これまでにいろいろあって、その、彼はフツーの男の人だったんだ、でも俺が彼のこと、すごく好きになっちゃって、なんかもう、当たって砕けろみたいなっ」

「あら。砕けなくてよかったね」

やはり母親は軽い口調で言って、ふふふと笑った。

「まあ、ナツが一緒に住みたいって思うくらいの人なんだから、いい人なのはわかるよ。ナツはすごく慎重なところがあるからね」

「えと、そう？」

「そうよ。お友達がわーっと盛り上がってても、ナツはいつも一歩引いたところから観察して、交ざっていいのか悪いのか、よーく考える子だったよ。家電製品だって、まず使い方の紙を読むじゃないの。お姉ちゃんやお母さんなんか、闇雲《やみくも》にスイッチ入れて、よくナツに怒られたでしょうが」

「あ、うん……」

「そういう子が一緒に暮らせるって判断した方なんだから、しっかりした方だってわかるよ。で、イケメンなの？」

「もう」

やっぱり軽い口調で話す母親に、夏樹はようやく微笑を取り戻して、渇いている喉にお茶を流しこんで言った。

「今日ね、本当は一緒に来てくれてるんだ」

「ええっ、外で待たせてるのっ!?」

「ううん、車で近くを走ってるよ。俺のこと心配して、俺と一緒にお母さんたちに挨拶してくれるつもりでいたんだけど、それは俺が待ってもらってるの」

「ふうん?」

「まず、俺がちゃんと言わなくちゃダメだと思ったから。付き合ってる人がいるとかいないとかじゃなくて、俺が、そういう男なんだってことを……」

「うん、そうだね。いきなりナツが彼氏を連れてきたら、お父さん、本当に倒れちゃったと思うよ」

「だよね。だからね、彼はお母さんたちから逃げるつもりは全然ないの、あちらのご両親に俺のこと紹介するってずっと言ってて、でも待ってもらってるの、だから……」

「いい人ね」

母親が笑顔を見せてくれる。夏樹は今度こそホッとして、にっこりと笑ってうなずいた。母親はギュッと夏樹の肩を抱いて言った。

「そのうちさ、お父さんがこの状況を受け入れたらさ、二人でウチにおいで。一緒に住むんだしさ、まぁ、けじめの意味で、挨拶にさ」

「うん。そうする」

「はい、じゃもう帰りなさい。彼氏、待たせてるんでしょ？」

「あ、うん。あの、お父さんのこと……」

「大丈夫、お母さんがついてるから。で、彼氏はイケメンなの」

「なに、もう、しつこいなぁ。超イケメンだよっ」

「あら、会うのが楽しみだ。…じゃ、気をつけて帰りなさいね。お正月は帰ってくんのよ」

「うん、わかった。ありがとう、おやすみ」

はい、おやすみ、という優しい言葉を聞いて、夏樹は家を出た。ほっと息をついて門を出て、陶山のケータイに電話を入れた。

「…あ、あのね、今家を出たところ。……うん、大丈夫。……えと、それじゃね、駅のすぐそばのコンビニ、わかる？　来る時とおってきた……そう、左側の。あそこで待ってて。うん、じゃあ」

ピッと通話を切って、急ぎ足でコンビニへ向かう。大丈夫かな、道に迷ってないかなと心配した。なにしろこのあたりの道は、予想外の方向へ曲がっていたり、袋小路になっていたりして、うっかり細い道に入ろうものなら、迷うことは確実なのだ。その複雑怪奇な道を地元民の強みで駆使し、ショートカットを繰り返しながら駅前まで戻ってくる。小走りにコンビニの敷地に入った夏樹は、陶山の車が停車していることを認めて、ホッと息をついた。

「ごめん、待たせちゃった」

助手席に乗りこんだ夏樹がそう言うと、いつものように陶山が、待ってないよと答えてくれる。

夏樹はふふっと笑い、バッグを摑んだまま聞いた。

「なにか飲み物買ってこようか。食事はどこかで食べるとしても、軽くお腹に入れておく？　おにぎりとか。お腹空いてるでしょ？」

「いや、近くにファミレスあるだろ、そこで食べよう。あ、でも、お茶くらい買うか。車停めさせてもらっちゃったし」

「はい、じゃ買ってくるね」

「ああ、俺も行く……って、ちょっとナツ」

「はい？」

すでに車を降りかかっている夏樹を、陶山が少し緊張をはらんだ声で引き止めた。シートに腰を戻した夏樹に、陶山はなぜかスピードメーターに視線を落として言った。

「あのさ、左側の電柱のところにいるのさ、おまえのお父さんじゃないの？」

「……はっ!?」

驚いた夏樹がバッと言われた電柱を見ると、さっと人影が柱の陰に隠れた。けれど夏樹は柱の横から見えてしまっている服装を確認して、目を丸くした。

「……お父さんっ!!」

「やっぱり」

陶山はふふっと笑うと、びっくりして固まっている夏樹を置いて、さっと車から降りてしまった。

「ちょっと、紀!?」

さくさくと父親へ向かって歩く陶山のあとを、もちろん夏樹も慌てて追う。父親は二人が近づいてくることに、当然気がついているだろうが、こちらも固まってしまったように柱の陰から動かない。夏樹が陶山に追いついたと同時に、陶山が言った。

「こんばんは。初めてお目にかかります。陶山紀と申します」

「ああ、ああ……、いや、いや、あぁ……」

「夏樹さんのお父様ですね。もしお時間を取っていただけるなら、お父様にきちんとお話をさせていただきたいと思っているのですが」

「ああ、いや、いや、僕は、ジュースをね、買いにきたんだ、ジュースを、喉が渇くから……」

父親は可哀相なほど動揺している。なにしろ心を落ち着かせるための散歩から戻ったら、ちょうど息子が帰る姿を見かけたのだ。心がギュウッとした。夏樹、夏樹、さっき言ったことは本当なのかな、本当に夏樹はそういう子なのかな、どうしてこうなったのかな、でもお父さんはなにがどうでも夏樹が大好きだよ……、息子の後ろ姿を見つめながらそんなことを考えていたら、結果的に息子の跡をつけることになってしまった。そうして悲しい偶然にも息子の相手を見てしまい、さらにはその相手に声までかけられてしまったのだ。息子が「そういう人」であるという現実にまだショックを受けているのに、息子の「相手」になど、なにを言えばいいのかわからない。

夏樹が思わず、お父さん、あのね、と口を挟むと、父親はくるりと二人に背中を向けてしまった。

「お父さんは、帰るね、帰るから……」

「お父さん、ちょっとでいいの、彼を、…」

「ダメ、ダメ、今日はダメ」

それだけを言って、体を硬くしたまま歩きだす。すかさず陶山が言った。

「ご自宅までお送りします。……ナツ」

「あ、はい」

陶山に促されて、夏樹は慌てて父親の腕を掴んだ。

「お父さん、家まで送るから」

「いや、いや……」

「お願い。暗いし、もう時間も遅いし、心配だから。お願い、お父さん」

「大丈夫だから、うん、大丈夫だから……」

「ほら、車来た。お願い、乗って？」

「うんん……」

うなずいたような、うなったような、なんとも困り果てた声を出す父親を、後部シートに押しこむ。夏樹も隣に座ると、車はすぐに走りだした。居心地の悪い沈黙を埋めようと、陶山がCDを再生させる。ドライブ中のイージーリスニングとしてよく聞いている、いわゆる名作映画のテーマソング集だ。意外な趣味だと思ったのか、おや？　という素振りを見せた父親は、組んでいる手の親指をくるくると回しながら、その、と言った。

「お名前は、なんとおっしゃったかな……」

「陶山と申します。陶山紀です」

「そう、そう、陶山さん……」

父親は大きな溜め息をこぼし、ちらりと夏樹を見た。夏樹は心底心配する表情を見せている。もう一度深い溜め息をついて父親は聞いた。

「陶山さんは、どういうつもりで、ウチの夏樹を……」

「愛しています。性別など関係なく、一人の人として、夏樹さんを愛しています」

「うんん……」

夏樹ですら驚くほど堂々と答えた陶山に、またしても父親がうめきを洩らした。動揺しすぎて脂汗が出てきたのか、片手で顔を一撫でして、頭を振りながら言った。

「しかしね、そう言われても、夏樹は男だし……」

「お父さんっ」

父親をさえぎって夏樹が口を挟んだ。声のトーンが一段高いのは、父親に輪をかけて夏樹も動揺しているからだろう。ギュッと父親の手を握りしめて夏樹は言った。

「陶山さんを責めないでっ、本気なのっ、本気で陶山さんは俺を愛してくれているのっ」

「な、夏樹……」

「俺も陶山さんを愛してるのっ、ホントにホントに好きなのっ、結婚しようって言ってもらってるの、それくらい本気なのっ」

「な、な…っ」

「俺、好きな人とちゃんと結婚して、お父さんとお母さんみたいな夫婦になりたかったのっ、お父さんは信じられないかもしれないけど、小さい頃からお嫁さんになるのが夢だったのっ」

「……」

「だから陶山さんを責めないでっ、俺のほうが陶山さんを好きになったの、俺のことを好きになってもらいたくていろいろ……、お、お父さん？　お父さん!?」

父親が、ふう、と魂が抜けたような感じにぐったりとしてしまった。目を閉じて、呼びかけても返事をしてくれない。夏樹はさらに激しく動揺した。夏樹が父親に呼びかけながら肩を揺さぶっていると、ルームミラーで後ろを見た陶山が慌てて言った。

「ナツ、お父さん、どうした!?」

「き、気絶しちゃったみたいなのっ」

「気絶!?　いや、卒倒!?　落ち着け、もう家に着くからっ。お母さんにケータイかけろっ」

「う、うんっ」

陶山の指示をする声と、半泣きの夏樹と、ビーズ人形のようにぐったりした父親で、車内は大混乱だ。夏樹が母親に支離滅裂に事情を説明……説明になっていなかったが……する。三分後に自宅の前に車を停めた時には、母親は門の前に立っていた。

「お母さん、お父さんが気絶しちゃったのっ」

車が停まるやドアを開けて飛び出した夏樹に、母親はひょいと車内を覗くと、大丈夫よ、と苦笑した。

「お父さん、貧血起こしてるだけよ。びっくりしすぎたんでしょう。ナツのお相手……、この方？」

こちらもすでに車を降りている陶山に母親が顔を向ける。陶山はしっかりと頭を下げて、初めまして、陶山です、と言った。

「事情はあとで説明いたします。とにかくお父さんを家の中へ」

「そうね。ナツ、陶山さんと二人でさ、お父さんを運んでちょうだい」

「あ、う、うんっ」

とんでもない家族の顔合わせになってしまった。夏樹と陶山、二人がかりで父親を二階の寝室に運ぶと、階下から、お茶いれたから、という母親の声がした。

「ご苦労さま。一服していきなさいよ。陶山さんも、悪かったわね」

「いえ、こちらこそ、お父さんを驚かせてしまって」

「話はお茶でも飲みながら」

そう言って母親は台所に入っていく。夏樹は慌てて言った。

「お母さん、台所でなんてっ」

「今さら気取ってもしょうがないでしょ」

「もう……。ごめんね、紀」

夏樹が申し訳ない顔で陶山を見上げると、陶山は笑顔で首を振った。

「なにが。俺のほうこそ、家に上げてもらっちゃっていいのかなと思ってるのに」

「なんかもう……、なんかもう……、ああもう……、紀、こっち」

夏樹は溜め息をつきながら陶山を台所に案内する。七年前まで姉の指定席だった椅子に陶山を座らせ、自分はその向かいに座る。母親がコーヒーを出して言った。

「お父さんが買ってきたケーキ、食べちゃう?」

「それは、ちょっと、可哀相じゃない……?」

「あら、だって六個も買ってきたんだよ、お母さんと二人じゃ食べきれないよ。食べちゃおうよ」

「う、ん……」

また溜め息をついた夏樹に、なに?　という視線を陶山が向ける。夏樹は肩を落として言った。

「ごめんね、あのね、お父さん……、俺が、女性を紹介すると思って……」

「ああ、そうか。夏樹に改まって話したいことがあるって言われたら、そう思うよな。じゃあ俺、遠慮する。俺がいただいたらいけない」

「あら、そんなのいいのよ」

母親は小皿にケーキを載せて、陶山を振り返った。

「お父さん、ナツのために買ってきたんだから、ナツが食べてくれなかったらがっかりしちゃう。陶山さんが食べないとナツも食べないからね。はい、サバラン……は車だからダメか、じゃあモンブランね。ナツもモンブランでしょ？」

「うん。……えと、お母さん、彼のこと、…」

「待って、お母さんも座らせてよ」

それぞれにケーキとコーヒーを配りおえると、よっこいしょ、と言って母親が椅子に座った。パクンとケーキを口に運んで、やっぱりおいしいねぇと言って、陶山に笑顔を向けた。

「なんかあれね、改まって言うのもなんだけど。夏樹の母です」

「陶山紀と申します」

陶山が深く頭を下げる。それから母親を真っすぐに見つめて言った。

「夏樹さんとお付き合いをさせていただいています。夏樹さんからお聞きになっていると思いますが、新しく借りた部屋で、夏樹さんと一緒に暮らすことになっています」

「うん、ナツから聞いたわ。それってつまり、そういうことなのね？」

「はい。真剣に夏樹さんを愛しています。ご気分を悪くされるかもしれませんが、自分としては、生涯、夏樹さんと暮らしていく心づもりです。夏樹さんも同意してくれています」

「それ、お父さんにも言ったの？」

「いえ、それは……」

言葉を濁す陶山のあとを継いで、夏樹が言った。

「俺が言っちゃったの。その、紘の奥さんになりたいって、お母さんたちみたいな夫婦になるのが夢だったって……」

「それで貧血起こしちゃったのね」

「ごめんなさい……、お父さんにわかってもらいたくて、それでつい……」

「まあ、もうしょうがない。お父さんもショックだろうけど、陶山さんに会えてよかったわよ。こんなことがなきゃ、お父さん、絶対、陶山さんと会おうとしないと思うもの」

うん、と夏樹が小さな声で言う。母親はまたパクンとケーキを食べて、そういえばさ、と言った。

「なんだってお父さん、陶山さんの車で帰ってきたの」

「紘と待ち合わせてたコンビニにいたの。偶然だと思うけど」

「へぇー、とんだ遭遇だね。でもほら、陶山さんがあれよ、ほら、今はやりの、チャリオ？」

「え？　…あ、チャラ男？」

「そうそう、チャラオじゃないってわかってよかったんじゃない？　きちんとスーツでさ、ちゃんとした男性だって、一目見てわかるもの。ねえ陶山さん」

「いや……」

陶山が困ったように微苦笑をする。母親はふふっと笑って言った。

「夏樹からね、陶山さんのお歳やお勤め先を聞いちゃったの。ごめんね」

「いえ、…」

「お父さんから聞かれたら、教えちゃってもいいかしらね」

「もちろんです。なんでも聞いてください。自分の両親は埼玉《さいたま》に住んでいて、…」

「ああ待って。それはまた、おいおいね。ウチばっかりそちらのことを聞くのは、なんかこう、いい感じじゃないものね」

「自分は構いませんが」

「ううん、わたしの気持ちとして。こういうことは、両家で並行して進めていくことだからね」

「はい」

両家、という言葉を聞いて、陶山は嬉しそうに笑った。

母親一人がケーキを食べおわると、それを待っていたように、夏樹が椅子を立った。

「じゃあ俺たち、帰るね」

「あら、ケーキは。じゃあほら、持って帰って。お父さんをがっかりさせたくないでしょ」

そう言って、モンブランを二個、プラスチックの密閉容器に入れて夏樹に押しつけた。夏樹は困り顔で受け取って、陶山と並んで玄関に立った。

「突然お邪魔して、しかも夏樹さんのお父様を驚かせてしまって、申し訳ありませんでした。また改めて、きちんとご挨拶に伺います」

「いいの、陶山さんが悪いわけじゃないわ。頃合を見て夏樹に連絡をするから、そうしたら二人でいらっしゃいな」

「はい。そうさせていただきます」

もう一度深く腰を折った陶山とともに、夏樹は玄関を出た。

「もー……、すっごい疲れた……」

車に乗りこむや、夏樹はぐったりとシートにもたれてしまった。本当に精神的に大疲労だ。まあな、と答えた陶山は、幹線道路までの道順をすっかり覚えたらしく、迷わずハンドルを操作しながら言った。

「お父さんに会っちゃったのは、想定外すぎて久しぶりに焦ったよ」

「もうお父さん……、あれ偶然じゃないよ、絶対俺の跡、つけてきたんだよ」

「なんでわかる」

「コンビニなら家のもっと近くにあるもん。あんな駅前まで行くわけない」

「じゃああれかな、おまえが帰るところを見かけて、心配で見守ってたら、コ、コンビニまで、行っちゃったのかな…っ」

そこで陶山が、ブフッと噴きだした。笑いたいのをずっとこらえていたらしい。大笑いしたいところをなんとか我慢して、でもブフッ、ブフフッと笑い続ける。

「いや、ホント……っ、漫画みたいな、展開に、なっちゃったよな……っ」

「もう、ごめんね」

「謝ることないだろ。お父さんは俺が来てること、知らなかったんだ。温和で、いいお父さんだな。おまえのこと、すごく愛してるんだってこと、伝わってきた」

「ん、ありがと……」

夏樹はホッとしたように微笑した。夏樹はファザコンではないが、夫に自分の父親のことを誉めてもらうのは嬉しいし、安心した。親を嫌われたら、親の味方にも陶山の味方にもなれず、つらい立場に立たされるからだ。陶山がふふっと笑った。

「俺たち、ていうか、俺のことも、頭ごなしに否定されなくて、マジでよかったと思ってる」

「うん？」

「ほら、ホモなんか絶対に認めん！　てさ。そうなったら長期戦になるなと思ってた」

「ん……」

そのとおりだなぁと夏樹も思った。父親の性格からして、認めん！　などとは言わないだろうが、お父さんは同居に反対です、と静かに言われたら、どうしようもなくなるところだ。夏樹は、ふう、と吐息をこぼし、陶山に顔を向けて尋ねた。

「紘のご両親は、どう言われると思う？」

「ん？　ああ、ウチの親？　二人とも一日で納得したよ」

「……はぁっ!?」

夏樹は目を見開いた。それはつまり、それはつまり、

「紘、もうご両親に言ったの!?」

「うん」

「うんって、そんな軽く…っ、いつ言ったの!?」

「いや、保証人を頼みにいった日」

「はぁーっ!?」

初耳もいいところだ。体をガバッと陶山に向けた夏樹は、弾みで膝からケーキが落ちそうになって、慌ててそれを押さえて言った。

「そ、そんなこと今まで言わなかったじゃないっ、ていうか、まだご両親には言ってないっていってっ」

「いや、違うよ、…」

「なにが違うの!?　俺が親に打ち明けるなら紘も言うってって、そう言ってたでしょ!?　それで喧

嘩になったのにっ！　紈はもうとっくに言ってたの!?　俺がカムアウトしたら紈も巻きこむって、悩んでた俺がバカみたいじゃないっ」

「だから聞け、聞きなさい」

ネズミ花火に火がつきかけている。陶山はヤバいと思って、「聞きなさい」と冷静に言った。夏樹がハッとしたように口をつぐむと、ネズミ花火の火消し法を会得した陶山は、ニヤッと笑って言った。

「夏樹自身のことは親に言ってない。つまり、俺の嫁の名前は藤池夏樹で、仕事は過酷なＳＥって、そういうことは言ってないってこと」

「…じゃ、なにを言ったの？」

「結婚したい相手と暮らすって。それは言った。どこのお嬢さんだって聞かれたから、お嬢さんではなく息子さんだと答えた」

「……はっ!?」

「だから、俺は男と付き合っていて、そいつと結婚するつもりで、その新居として新たにマンションを借りるので、保証人を頼みますと、こう言っただけだよ」

「だ、だけって…っ」

「特に問題はなかったよ。母親が目を丸くして、あんたホモになったのって聞くから、そういうことかなって答えたら、じゃあしょうがないって」

「た、紗のお母さん、す、すごい……」

「言っただろ、半端じゃなくリベラルなんだって。肝も据わってるし。父親を納得させるのは、予想どおり、一晩かかったけどさ」

「お、怒られた……？」

「俺の親父は、行儀が悪い時と、礼を欠いた時と、人を傷つけた時くらいしか怒らないよ。これまた予想どおり、なぜ結婚相手に女性ではなく男性を選んだんだってところから議論が始まったけど」

「それで……？」

「端からパタパタ折ってく感じに反対材料を潰《つぶ》していったら、笑っちゃうんだよ、最終的に、民法では結婚とは男女間で執り行われる契約として定義されているって言うからさ、じゃあ俺は一生結婚しない、その代わり一生あいつを、…おまえのことだよ…、あいつを伴侶として愛し続けるって言ったんだ。それでまあ、議論は終了」

「た、紗が勝ったの……？」

こくんと唾《つば》を飲みこんで夏樹が尋ねる。陶山はふふっと笑って首を振った。

「勝ち負けじゃないんだよ。親父が納得するかしないかなんだ。で、親父は納得した。俺にとっておまえが、どれだけかけがえがなくて、失くせない人間であるのか、ちゃんと理解してくれた」

「そうなの……、よかった……」

「笑っちゃうんだけどさ、おまえの名前とかは教えてないけど、料理の腕前はプロ級で、家事全般が完璧、細かい気遣いはできるし機転もきくし、おまけにすごい美人だって言ったら、親父もおふくろもそわそわしだしちゃってさ」

「…え？」

「おまえに会いたいんだよ。美人てところでおふくろがピクッとして、料理上手ってところで親父がピクッとした。歓迎するから家に呼べって言うんだけど、まだ早いよな」

「う、うんっ」

夏樹はコクコクとうなずいた。まだ名前も伝えていないのに、それはいくらなんでも展開が早すぎる。第一、陶山の両親が自分のことをそこまで知っているなんて、想像すらしていなかったのに。

「あ、でも、紘は俺のお母さんにもお父さんにも会ってるんだし、俺もご挨拶に伺わないと失礼だよね」

「会ったっていっても事故みたいなものだったしさ。順序としては、まず俺がナツのご両親にきちんと挨拶にいって、それからナツがウチに来ると。そうだろ？」

「……紘って、ホントにナチュラルに俺のこと、お嫁さんだと思ってるよね」

「だって嫁じゃん。ホモでも結婚できるって法律だったら、フツーにおまえは嫁だろ？」

「……俺はね。でもね、そういうゲイカップルばかりじゃないってこと、知っといて」

「わかってるって。おまえと付き合う前に、あらゆるホモ情報を調べたんだから」

「……だったらいいですけど」

本当にわかってるのかな、と夏樹は溜め息をこぼした。陶山は若干渋滞している国道をトロトロ走りながら夏樹に聞いた。

「ここからだと、上に乗らなくてもいいのかな？」

「あ、俺のマンション？　うん、高速代を払うほどの距離じゃないから」

「そうすっと…？」

「えーと、橋渡ったら左、千葉街道に入って、新大橋《しんおおはし》通りにぶつかったら右」

「はい、了解。まあとりあえず、江古田からおまえの実家までは行けるようになったからいいな」

「うん。……なんか、いろいろ、よかったね」

「ああ、よかった。俺たちの親は異常なまでに物わかりがいい、というか柔軟だ。幸せだな」

「うん……」

夏樹はホゥッと吐息をこぼした。本当に、偶然というか事故というか、そうしたことが重なって、ドドドッと懸案が解決した。自分の親にも、陶山の親にも関係を認めてもらえて、心底から気分が楽になった。少なくとも家族には、隠し事なく、自然体に、そして堂々と幸せに暮らしていける。夏樹はシフトレバーに載っている陶山の手にそっとふれて、うふっと笑った。

「紖?」

「んー?」

「すごく幸せ。ホントに、幸せなの」

「そうか」

陶山はふふっと笑った。夏樹はその横顔を見つめて、紖、変わったな、と思った。以前だったら夏樹が甘えたことを言うと、だらりと目尻を下げたのに、今は夏樹が甘えるのは当たり前という顔をして、しっかりと甘えを受けとめる。陶山の中で、甘々の恋人期間は過ぎたのだと思った。夫婦の、それも夫の顔だ。

(それならきっと俺も、自分じゃわかんないけど、奥さんの顔してるのかな)

ひたひたと幸福感が押し寄せてきた。この先一生、自分の隣には陶山がいる。もう二度と、一人で生きて一人で死んでいくんじゃないかという、怖い想像はしなくてもいいのだ。

「そうだ、紖。夕食どうする?」

「あー……。そのへんでファミレス入るか。いや待て、食事してたらケーキが溶けるぞ。せっかくお父さんが買ってきたケーキだ、ちゃんと食べようよ」

「えと、じゃあ……、んー、スーパー寄って。それで紖の部屋に帰ろう。簡単になっちゃうけど夕食作るから。そしたら俺も、ちょっとは荷造りできるし」

「でも帰るの十一時過ぎるぞ？　おまえ朝早いんだから、寝不足になるぞ」

「平気、体力には自信あるから。今週はずっと紘の部屋にかよう予定だもん、一日でも無駄にしたくないし」

「はーい、すみません。じゃ、高速乗っちゃうか。ここから小松川《こまつがわ》線に乗るっていうと？」

「えーと、環七《かんなな》」

了解、と答えて、陶山が進路を変える。夏樹も陶山も気がついていないが、二人の口振りはすっかり夫婦のそれだ。ぞんざいではなく適度に力が抜けている。相手を信頼して、相手からも信頼されているとわかっている話し方だ。ごく自然に、当たり前に、夫婦の空気をまとい、二人は引っ越しまでの予定を話しながら、江古田へと帰っていった。


十一月になった。最初の土曜日、引っ越し当日だ。

「薄曇りか。でも雨じゃなくてよかった」

いつもどおり午前五時に起床した夏樹は、てきぱきと朝の支度と朝食を終えると、今朝まで使っていたもの……パジャマやら食器やら洗面道具やらを、「すぐに使う物」と注意書きした箱に入れ、布団とカーテンを布団ケースにぎゅうぎゅうと詰めた。引っ越し会社から、布団やクロゼットの衣類は、当日朝に、専用のケースに収納して運びだします、と言われているが、クロゼットの中身を無防備に見せたり、布団を人の手でさわられるのがいやなので、部屋中のすべてのものはすでにきっちりと箱詰めして、運びだしてもらうだけとなっている。

「んー、一応、紀に電話して、起きてるかどうか確認しないと……」

本日の段取りとしては、午前中に夏樹の荷物を新居に運びだし、陶山は新居で引っ越し業者の到着を待って、いろいろ指示をすることになっている。引っ越し業者のトラックに夏樹が同乗することは法律で禁止されているので、夏樹は夏樹で電車で江古田へ向かい、陶山とバトンタッチ。午後から陶山の荷物を新居に運んでもらう、という手筈《てはず》だ。ガスや電気などは午前中に開けてもらうことにしてあるので、それまでに陶山に新居に行っておいてもらわなければならない。

「…あ、紀？　おはよう、起きてた？　……うん、そう、九時までに部屋に……うん、ガスと水道の元栓、どこなのかちゃんと確認しておいてね。こっちは八時に来てもらうことになってるから、十時半か十一時にはそっちに着けると思うの。……はい、じゃああとでね」

ひとまず陶山が起床していたことに安堵《あんど》した。もしかしたら荷造りが間に合わなくて徹夜した可能性もあるが、陶山の荷物を運びだして、大家さんに鍵を返すまでは頑張ってもらわないと、と夏樹は思った。

予定どおり、八時に引っ越し業者がやってきて、どんどこ、どんどこという感じに荷物を運びだしていく。途中で大家さんが来て部屋の確認をした。特に問題なし、ということなので、敷金は全額戻ってくるらしい。よかったと思いながらお世話になった礼を言い、急いで江古田へ向かった。江古田のスーパーで引っ越し屋さんへのお礼の缶コーヒーとお茶を五本ずつ買って、新居のマンションへ行く。到着したのは十一時少し前で、夏樹の荷物を搬入している真っ最中だった。

「紕、遅くなってごめん」

ばたばたしている室内に入ると、陶山が居間の中央にのしっと立って、引っ越し業者にてきぱきと指示を出していた。夏樹の姿を見て、なんとなく甘い感じにほほえんだ。

「おはよ。お疲れさま」

「ううん、平気」

夏樹もにこっと笑顔を返したが、すぐにバンビの目で室内をチェックする。二面ある窓にはすでにカーテンがかけられている。束ねてある今は深いベージュ色の無地に見えるが、窓に引くと、刺繍《ししゅう》リボンのようなえんじ色系のストライプが走っていることがわかる。天井には、丸みを帯びたスクエアなデザインの照明がメインとして取りつけられていて、これから届くダイニングテーブルが設置される予定の天井からは、夏樹こだわりのペンダントランプが下がっている。陶山の部屋からやってくるはずのソファが置かれる場所には、夏樹にきっちりかっちり念を押された遠山が、忘れずに社員割引で購入してきた、薄いカフェオレ色のラグも敷いてあった。もちろん寝室にも書斎にも、照明、カーテン、ラグは設置ずみだ。

「うん、大丈夫。紕、電気とかもうとおってる？」

「ああ。水道とガスの元栓は外のボックスの中。電話も朝イチで工事に来てくれたから、すでに二本、開通してる」

「うん、オッケー。あっ、ご苦労さまでした」

引っ越し業者に声をかけられて、パッと夏樹は笑顔で振り返った。大物家具はこれから届くので、引っ越し荷物といっても段ボール箱が二十個ほどだ。あっという間に搬入を終えて、この場で現金決済をすませた。お礼の飲み物を渡しているところで、家具店から家具が配送されてくる。応対に出た陶山が、ひとまずリビングへ、と言うのを聞いて、夏樹の眉がピクリと上がった。

「待って待ってっ、……あ、ありがとうございました、お世話になりました。……待ってっ」

引っ越し業者にお礼を言って、慌てて玄関に走った。陶山の腕をぐいと引いて後ろに押しやると、配送業者に言った。

「これは？　テーブル？　じゃあリビングに。チェストは寝室に運んでください」

まずは二点の搬入先を指示して、パッと陶山を振り返った。

「どこに運んでもらうかは俺が言うからね」

「はいはい。じゃあ俺は元の部屋に戻って引っ越し業者を待つことにする。こっち、ナツ一人で大丈夫か？」

「うん、家具を運んでもらうだけだし」

「じゃ、こっちはお任せします」

そう言って陶山が元の部屋へ戻っていき、家具店からはどんどん家具が搬入される。組み立てることを考えて置場の指示を出し、配送業者が帰ると一息ついた。

「お昼ごはんどうしようかな……、紀の荷物が全部届いたら、近所に食べに出ようかな……」

呟きながらリビングへ行き、ぺろんと一枚敷いてあるラグの上に座った。ふかふかというよりさくさくといった手触りのラグは、社員割引でも三万ほどしたことから、かなり上質なものだとわかる。これより二回り小さいラグが二枚、寝室にある。玄関マットはなぜか陶山が執着を見せたので、オリエンタルな色柄のものを買った。玄関のウォークイン物入れをたいそう気に入っていたから、玄関周りはたぶん、陶山の趣味で飾られていくのだろうと夏樹は思った。

「今日からここが、俺たちの家……」

呟いた夏樹は、背筋がゾクゾクッとするほど幸福になって、うふふっと笑ってラグに転がった。

しばらくして陶山の荷物が到着する。夏樹が手伝い、監修しただけあって、どの箱にもきちんと、運び入れる部屋が明記されている。夏樹がいなかったら、それこそまさに、「全部の箱をひとまずリビングへ」という恐怖的なことになっていただろう。

途中で陶山が戻ってきて、荷物も全部運び入れてもらい、引っ越し業者が帰った時には、午後二時になっていた。夏樹の提案で近所の蕎麦屋へ行き、遅い昼食をとって部屋に戻り、今度は家具の組み立てだ。

「まずベッドだよな」

陶山がウキウキ顔で言った。テレビも冷蔵庫も陶山が調べまくって、都内最安値の店で購入することができたので、浮いた予算で陶山待望の大きなベッドを買うことができたのだ。ニヤニヤと、どうもいやらしく笑う陶山に、夏樹は真面目な表情でうなずいた。

「そう。まずは寝るところ。リビングも書斎もとうぶん使えなくていいけど、寝られないなんて絶対いや」

「はいはい。じゃあベッドの梱包、解くよ？」

「あ、待って。チェストが先。ベッド組み立てちゃったらチェスト組み立てるスペースがなくなるもん」

「じゃあその次がベッド？」

「もー。そうです。だからって今夜エッチするとはかぎらないんだからねっ」

「なんでだよっ」

「夜になったらバテバテじゃない。これからまだまだやること山盛りなんだよ？」

「やることって……」

「お鍋とか食器とか服とか出すんですっ！　今日明日で段ボール箱、空にするんだからっ」

「あ、はい……」

キャンキャンと吠えられて、陶山は首をすくめてうなずいた。

夏樹指揮官のもと、陶山はもう無駄口を叩かずに指示に従う。チェスト、ベッド、ダイニングテーブル、食器棚、テレビ台、それから夏樹が持ってきたオープンシェルフを組み立てて、それぞれ所定の位置へ設置した。次に鍋や食器をとにかく箱から出して収納して、その次は衣類だ。夏樹が事前に百円ショップで大量に買っておいたハンガーにバンバンかけて、ウォークインクロゼットにガンガンかけていく。

「ナツ、パンツはどうすんの。靴下も」

「あ、それはね、さっき組み立てたチェストに入れて。左側が紀、右側は俺が使うから。どこになにをしまったか、ちゃんと覚えておいてね？」

「え、俺がやるの？」

「……今日はやってくださいっ」

「はい、すみません」

仕事モードの夏樹は怖いな、と陶山はひっそりと思った。すでにダメ亭主ぶりを発揮している陶山に、休む暇もなく夏樹が司令を出す。夏樹は夏樹で、洗面所や風呂場やシュークロゼットなど、細々《こまごま》としたところを恐るべき速さで整えていった。外が暗くなったので、明かりをつけて作業を続行する。六時半過ぎに電器店の配送員がテレビと冷蔵庫を配達にきてくれた時には、信じられないことに、すべての段ボール箱は空になっていた。

(すげぇ……)

俺の奥さんは引っ越しのプロか？　と本気で感心した。この前も思ったが、遠くない未来、自分は確実に夏樹の尻に敷かれると思った。

(…ま、それで家庭がうまくいくなら、喜んで尻に敷かれましょう)

陶山はふふっと笑った。

テレビをちゃんと映るようにして、冷蔵庫も台所に設置を終える。まだ畳んでいない段ボール箱をバンバン畳みながら夏樹が言った。

「夕食、食べに出てもいい？　さすがに今日は、買い物行って作る気しない」

「いや、出前取ろうよ。そのほうが楽だろ。前の部屋からメニュー持ってきたし」

「うん、そうしてもらえると助かります」

「オッケ。ピザと蕎麦屋と中華しかないけど。あー、ラーメンとギョウザいいな」

「うん、じゃあ、…」

注文しちゃうね、と夏樹が言い終える前に、インターホンが鳴った。もうなんの配達もないはずだし、誰かが訪ねてくるわけがないので、夏樹は驚いてビクッと腰を浮かしてしまった。陶山がははっと笑って受話器を取った。

「はい……、ええ、そうですが……、うわ、おふくろ!?」

「……っ!!」

陶山の言葉を聞いて、さらに飛び上がった夏樹だ。なぜか段ボール箱を抱えたまま部屋の隅へ行って固まっていると、応答を終えた陶山が、苦笑しながら夏樹を振り返った。

「おふくろが来た。呼んでないんだけどさ」

「ど、どうしようっ、俺っ、納戸に隠れてる!?」

「はあ？　隠れる必要ないだろ。おまえが俺の奥さんてことは、おふくろも知ってるんだし」

「そ、そう!?　でも、でもっ、こんな格好だしっ、部屋だって散らかってるしっ」

「引っ越し当日はこんなもんだ。そんな日に来るおふくろが悪い。ナツが気にすることはないよ」

「あの、でもっ、あっ、手と顔、洗ってくるっ、あっ、お茶っ、お湯沸かさないとっ、あっ、水道水、溜まり水流してないっ、やだもう紀、どうしようっ!?」

「おーちーつーけ。ナツは手と顔洗ってきな。水は俺が流して、湯も沸かしておくから。お茶っぱと急須《きゆうす》は？」

「えと、急須は食器棚、お茶っぱも食器棚のお茶筒っ、あっ、余分な湯呑みがないっ」

「マグカップ使えばいいよ。ほらナツ、手ぇ洗ってこい」

うんっ、とうなずいた夏樹がパタパタと洗面所に走っていく。陶山は苦笑しながら台所に入って水を流し、夏樹に可哀相なことになっちゃったなと思った。陶山も陶山の母親も、夏樹が普段着だろうがなんだろうが気にしないが、夏樹としては、夫の母親には綺麗に身仕度をして、ご挨拶モードで初対面をしたかったはずだ。まったくおふくろ、なんで今日、来たんだ、と首をひねったところで、先ほどとは違うインターホンの音がした。

「おお、マンションの入り口と、玄関のピンポンと、音が違うのか」

最新のマンションはすげぇなあと感心しながら玄関を開けると、母親がなにやら大荷物を持って立っていた。

「急にごめんね。電話かけてから、と思ったんだけど、電話番号知らないしさ」

「変わらないんだよ、区外に引っ越したわけじゃないんだから。つーかケータイにかければいいだろ？　もう、夏樹がわたわたしちゃって大変なんだよ、とにかく上がって。スリッパないから裸足《はだし》だよ」

「ルームソックス持参だから心配ご無用。これ、台所に運んで」

「なんだよ、もうー……」

結婚式の引出物が入っているような、真っ白で巨大な紙袋を渡されて、陶山はぶつぶつ言いながら台所に入った。流しっぱなしにしていた水も、コップに汲《く》んでみたら濁りもないし、異臭もなかったので、よし、と思ってヤカンに注いでコンロに載せた。

「なんだこれ、どうやって火をつけるんだ……、ナツ、夏樹ー」

廊下に顔を突きだして呼ぶと、向こう端の洗面所から、そうっと夏樹が顔を出した。どうやら出ていくタイミングが摑めないようだ。陶山が苦笑しながら手招きをした。

「コンロ。火のつけかたがわかんないんだよ、ちょっと見てよ」

「あ、うん…っ」

コクコク、とうなずいた夏樹が、グッと小さく拳を握ってやってくる。深呼吸をしてからそうっとリビングに入った夏樹に、ラグの上に直《じか》に膝を崩して座っていた母親が、ニコッと笑いかけた。

「こんばんは、初めまして。忙しい時にいきなり来ちゃってごめんね」

「いえっ、散らかっていてすみません、初めてお目にかかります、藤池夏樹と申します。こんなだらしのない格好でご挨拶して、申し訳ありません」

こちらは床に正座した夏樹が、「三指の見本」とでもいうほどの綺麗な所作でお辞儀をした。

母親が、あらよくできた人だ、と感心して言った。

「はい、挨拶はもう終わり。あのね、てんぷら持ってきたの、それからお蕎麦。引っ越し蕎麦ね」

「お気遣い、ありがとうございますっ」

「いいの、いいの、いちいちかしこまらなくていいからさ。どうせ紘のことだから、なんの役にも立たなかったでしょ？　夏樹さんが一人で頑張ってると思ってさ、夜ごはんは楽してもらおうと思って持ってきたのよ」

「あ、じゃあ、今からすぐにお出しを、……」

「心配ご無用」

歌うような言い方は陶山とそっくりだ。あ、と思った夏樹が思わず母親の顔を見ると、母親はふふっと笑って言った。

「てんぷらもお蕎麦もお出しも丼も、ぜーんぶ持ってきたのよ」

「そうなんですか!?」

「丼は置いてっちゃうけどいいよね。変だけどおみやげだ」

「はい、ありがとうございます。じゃ、すぐに用意します」

ようやく夏樹も笑顔を見せることができた。パッと台所に向かうと、そこでは陶山が困り果てた表情で立っていた。なに？　と思いながら夏樹は聞いた。

「紅？　お湯沸いた？」

「沸いてないよ。コンロ。火のつけかたがわかんないって言っただろ」

「あ、ごめんっ。んーと、あ、このタイプはね、ここを押し下げて、同時につまみを回すの。……ほら、ね？」

「なんでこんな面倒なんだ」

「安全に配慮してるんだよ。同時に作業しないと火がつかないなら、小さい子に火はつけられないでしょ？」

「あ、なるほど。じゃ、えーと、俺はなにすればいいんだ」

「お母さんの話し相手」

「了解」

夏樹の口からお母さんという言葉が出て、なんだかこそばゆくて陶山はふふっと笑った。

夏樹はお茶と同時に蕎麦の作成にも着手したので、三十分後には新品のダイニングテーブルに、三人揃って着くことができた。陶山の主張をいれて四人がけのテーブルを買ってよかったと夏樹は思った。

いただきます、とお母さんに言って、蕎麦をいただく。夏樹が「お姑さんの味」を覚えるべく、真剣に出しを味わっていると、陶山が、あー、と言いにくそうに言った。

「ナツ。悪いんだけどさ」

「あ、なに?」

「ウチの蕎麦つゆ、既製品だから」

「……えっ!? だってペットボトルに入れて持ってきてくださったんだよ!?」

「それでも、既製品だから。そうだろ、おふくろ」

「もちろん、そうよ」

母親ははははと笑って、屈託なく答えた。

「薄めなくちゃなんないからさ、ウチで薄めて持ってきただけなのよ。もしかして味、覚えようと思った? ごめんねぇ〜」

「あ、いえいえっ、ウチも普段は既製品使ってますからっ」

「あれ、ちゃんと出しを取る時もあるの?」

「えと、お澄ましを作る時は……」

「はぁ〜。いいねぇ、料理上手で。あたしなんか、なんでもかんでも風味調味料使っちゃうもん。あんた、口が肥えたでしょう」

母親に話を振られた陶山は、まあね、と自慢そうな表情でうなずいた。

「こいつがいてくれるようになって、食生活は大幅に改善された。さらにこれからは、まともな朝ごはんも食べられる予定。こいつはパーフェクトな奥さんなんだ」

「ちょっと、紀っ」

「本当のことですから」

「もう……っ」

へへへと陶山はだらしなく笑うが、義理のお母さんの前でそんなことを言われる夏樹はいたたまれない。母親は夏樹の存在を認めてくれているというが、実際に男である夏樹を目の前にして、奥さんと言われたら、違和感を覚えるに違いないと思うのだ。デリカシーがないっ、と内心でプンプンしながら蕎麦を食べおえ、パッと片づけて、サッと食後のお茶を出す。ふう、と一息ついたところで、母親がのんびりと言った。

「それにしてもホントに綺麗ねぇ、夏樹さん。紀がさ、美人だ美人だって言うんだけど、話四割で聞いてたのよ。でもホントに美人ねぇ。美人だわ。ハーフ？」

「いえ、先祖代々日本人です」

顔を真っ赤にした夏樹が答える。へぇ〜、と感心したように言った母親は、世間話でもするような口調で言った。

「紀が夏樹さんのこと、奥さんだって言うから、女性の格好をしてるのかと思ってたわ、ほら、テレビで見るタレントさんみたいなさ。でもふつうに男性なのね。それとも今日は引っ越しだからら？　普段は女性の格好なの？」

「え、と……」

こういうことを説明してもいいものだろうかと陶山を窺うと、陶山は微苦笑をして答えた。

「なんでも教えてやって。この人は知らないことを知りたいだけだから。ホモに偏見はないよ、念のため」

「あ、うん。えと……」

親の前で「ホモ」と言われて、またしてもデリカシーのない陶山にカチンときたが、グッとこらえて夏樹は母親に視線を向けた。

「俺は女装はしないです。女性になりたいという願望もないです」

「ふんふん。じゃあテレビで見る人は、夏樹さんとはまた違ったゲイの人なの？」

「えと、いろいろいて……」

さらっと「ゲイ」と口にする母親に、内心ではひどく驚きながら夏樹は説明した。

「単なる趣味として女装する男性もいます。変身願望っていうのかな？　そういう人は恋愛対象は女性です。体は男のままだけど女装して、女性として生活している人もいるし、体そのものを女性にしてしまう人もいます。この人たちはほとんどがゲイだと思います。そのあたりは気持ちの問題になってきちゃって、簡単に一言で説明はできないんですけど……」

「ふんふん。女でもいるもんね、オナベとかね。なるほど、ちょっとわかった。テレビで見る人たちって、女性のカッコしてたり、女性っぽかったりするからさ、みんなそうなのかと思ってたのよ。うん、わかってよかった」

うんうんとうなずく母親は、まるで、ヒメジョオンとハルジョオンの違いがわかったというくらい、自然な様子だ。陶山の言ったとおり、本当に、知らないことを知りたかっただけらしい。心の許容範囲の広い女性だと夏樹は感心した。

夏樹が、冷めてしまったお茶の代わりに、今度はコーヒーを出すと、気がきくのねぇと母親がほほえんだ。

「夏樹さんは紘にはもったいないね。ホントにこんな子でいいの？」

「こんな子だなんて」

思わず笑ってしまった夏樹に、母親もニヤニヤしながら言った。

「わかるわよ。なんにもやらないでしょ。気は利かないし、放っとくと一日中、テレビ見てる。そうでしょう」

「テレビは好きですよね。でも、頼めばなんでもやってくれます。俺だけじゃなくて、みんなに親切ですし、めったに怒らないし、すごく素敵な人です」

「あら。物は言いようだわね〜。しかしま、こんな子でもいいって言ってもらって、親としてありがたいわ。これからも紖をよろしくね」

「あの、こちらこそ、ホントに、俺なんかですみません」

「あら。夏樹さんは『なんか』どころか『ほど』よ。夏樹さんほどの人って言うのよ」

「でも、俺は男ですから、子供…あの、跡継ぎが産めないし……」

「夏樹さん。そんなこと、二度と言ってはダメ」

思いがけず、厳しい口調で母親が言った。夏樹がビクッとすると、母親は手を伸ばして、夏樹の手をギュッと握って言った。

「あたしもお父さんも、そんなことは少しも思ってないよ。この子が生涯独身だって構わないと思ってたし、女性の奥さんを迎えたとしても、子供だ跡継ぎだなんて期待はしない。紖の人生は紖のもの。我が家ではね、嫁という言葉は禁句なの。それくらい、家制度に反対なのよ。わかる？　跡継ぎのことなんか、これっぽっちも考えてない。だから二度とそんなことを言ってはダメですよ」

「……はい」

コクッとうなずいた夏樹は、嬉しいのと安堵したのとで、ちょっと涙ぐんでしまった。夏樹が心配していたことすべて、陶山の両親は気にもかけないというのだ。母親はふふっとほほえみ、そっと手を引っこめて言った。

「ホントに、お父さんも来ればよかったのに。いきなり訪ねたら夏樹さんに悪いって言って、あたしのことを図々《ずうずう》しいにもほどがあるって言うのよ。だってお会いしたいんだもの、来ちゃうよねぇ」

「あの、また改めてきちんとご挨拶に伺います」

「楽しみにしてる〜。そうだ、紀こそご挨拶に伺わないと。あれ、夏樹さんはご両親に紀のことは？」

「えーと、それは……」

ちらりと陶山に視線を向ける。陶山はあの夜のことを思いだしたのか、ブフッと笑って言った。

「実はもう、ナツのご両親にはお会いしてるんだ」

「なにっ、ホント!?　あらやだ、ちゃんとご挨拶できたんでしょうね!?」

びっくり顔をする母親に、ブフフッと笑って陶山は答えた。

「なんつーか、いろいろ偶然が重なって。その時はナツがご両親に打ち明けにいった日なんだ。あのー、ホモってことを」

「うんうん。あんたも行ったんでしょ？」

「いや、実家まで送っただけ。で、帰りに実家の近くのコンビニで落ち合ったら、なんと偶然、そこにナツのお父さんがいてさ、見事に鉢合わせ」

「あら〜……」

「でまぁ、お父さんを車で家に送って、その時にナツのお母さんにもお会いしたわけ。だから挨拶に行った、とは言えないな。俺もまた日を改めて、挨拶には行くけど」

「あれよ、ちゃんとカステラ持っていって」

「なんでカステラ」

しょうがないことを言うなぁと陶山が苦笑する。夏樹もふふっと笑うと、母親が少し心配そうな表情で尋ねてきた。

「あのさ、夏樹さん。夏樹さんのご両親は、こんなのを見て、どうおっしゃってた……？」

「こんなの……、あ、陶山さんのことですか？　母はもうすっかり、あの、お母様の前でこう申し上げるのは失礼だと思うんですけど、陶山さんのことは親戚《しんせき》のように思ってくれています」

「よかった〜。仲良くしていただけそうかな？」

「はい、それはもちろん。えと、父は、ちょっと、その時、あの……」

「倒れたんだ」

言いにくそうな夏樹の代わりに、さらっと陶山が言った。えぇーっ!?　と仰天する母親に、待て待て、という身振りをして陶山は続けた。

「急な病気じゃなくて、驚きすぎて。ほら、ナツがホモだって打ち明けたから、そのショックでさ」

「ああ、そうか。そうだねぇ、ふつうの親御さんだったらショックだろうねぇ。しかもあんたまで見ちゃったらねぇ」

「あの、でも」

慌てて夏樹が口を挟む。

「父はべつに、反対しているわけではないし、陶山さんとも、少し話す時間を持てば、打ち解けてくれると思うんです、ゲイということに偏見はないし、怒っても悲しんでもいないので、あの、本当に驚いちゃっただけで…っ」

「そりゃそうよ、こんなよくできた夏樹さんの相手がコレだもん。とにかくまぁ、問題が起きなくてよかった。……そうだ、基本情報を聞くの、忘れてたわ。夏樹さん、お歳は？　生業はなにをなさってんの」

「二十五歳です。仕事はシステムエンジニアといって、コンピュータで使うアプリケーションを……、えと、ソフト……、んーと、パソコンで使う、ワープロとか表計算とか、ああいうものを作っています」

とんでもなく大雑把な説明だが、細かく説明すればするほどわからなくなると思い、そう言った。母親はおおいに納得したようにうなずいた。

「知的な仕事だねぇ。技術者だもんね。今度夏樹さんの作ったワープロ、使わせてよ。なんていうの？　電器屋さんで売ってるんでしょ？」

「いえ、家庭用じゃないので……」

これまた説明が難しそうだ。夏樹が困っていると、陶山がはあと溜め息をついて言った。

「こいつが作ってるのは企業相手の特注品なの。オーダーメイドだよ。だから電器屋じゃ売ってない。こいつと知り合ったのだって、ウチの社で使うシステムを作ってもらった時だし」

「へーえ、仕事の取り持つ縁てやつ？　そのへんはまた、じっくり聞かせてもらいましょ。そろそろお母さん、帰るから。遅くなっちゃった」

「あ、お引き止めして申し訳ありません」

「いいのいいの、居座ったのはあたしなんだから」

気の回る夏樹の言い方に、母親はまたしても感心したようにほほえんで、どっこいしょと椅子を立った。夏樹がそっと陶山に言う。

「お母さんをご自宅まで送っていって。夜遅いんだし」

「でも片づけは？　俺の実家、大宮《おおみや》だから、二、三十分で帰ってこられないぞ？」

「いいの、いいから」

「あー。じゃあブイッと送ってくるよ。帰り、買ってくるものはある？」

「えーと、卵とハムと、お味噌汁の具にする野菜。なんでもいい。わかんなかったらお店からケータイ入れて」

「オッケー、コンビニで買えるな」

のしのしと歩いていく陶山と、小柄な母親を玄関まで見送る。玄関を出た母親が、くるりと振り返ってニッコリと笑った。

「今度、ホントにウチにも来てね。絶対来てね」

「はい、お伺いします」

「うん。チョー待ってるからね」

来た時よりもさらに砕けた母親の口調は、すでに夏樹を身内と認めてくれた……といったら思い上がっているかもしれないが、少なくとも受け入れてくれた証《あかし》に思える。夏樹が心底ホッとして微笑し、ちらりと陶山を見る。陶山も同じことを考えていたのか、深いほほえみを返してくれた。

「それじゃ夏樹さん、おやすみね〜」

「はい、おやすみなさい、お母さん」

お母さん、という言葉はごく自然に夏樹の口から出た。二人がエレベーターに乗り込むまで玄関から見送って、ほう、と吐息をついてリビングに戻る。興奮と安心がごちゃ混ぜになったような、じっとしてなんかいられないほどの幸福を感じながらマグカップを片づけ、そうして夏樹は再び猛然と、段ボール箱畳みに取りかかった。

十一時少し前に陶山が帰宅した時、夏樹はリビングのラグの上でうたた寝していた。それでも、カチャッとドアが開いた音で目を覚ますと、ニコッと笑って陶山を迎えた。

「お帰りなさい」

「はい、ただいま。寝てた？」

「ううん、ゴロゴロしてただけ。お風呂沸いてるよ。入っちゃえば？」

「なんだ、俺を待ってないで先に入っちゃえばよかったのに」

「そしたら俺、寝ちゃうもん。いいの？」

「なにが」

「大きいベッドでしたいんじゃなかったっけ？」

「したい。しかも大胆な体位で」

陶山はニヤニヤッといやらしく笑った。それがキングサイズのベッドを買った目的なのか、と気づいた夏樹は、本当にバカなんだから、と思いながらも、ふふっと可愛い笑顔を見せた。

「じゃあ時間短縮。一緒にお風呂、入っちゃおう」

「……おー。それも夢だったりする。洗いっことか、興奮するよな」

「だよね」

心の中では、全然、と言いながらも、夏樹は色っぽく笑った。ともかく一緒に風呂に入ってくれればいいのだ。

（もう俺、ホントに疲れてるんだもん。早く寝たいの。ベッドでネチネチいろんなことされるなんて、絶対いや）

だから風呂に入ったついでにちょっと遊んであげて、ベッドに入ったら即、寝ようと思っている。自分の体には負担が少なく、かつ陶山には濃厚な快楽を。一度で満足させるために、夏樹だって奥の手を使う。

「戸締まりと火の元の確認しちゃうから、先にお風呂、入ってて」

「はいはい。……ホントに来るよな？」

「本当にいきます」

そんなに風呂場でいちゃいちゃしたいのかと、夏樹は溜め息を飲みこんで台所に入った。

「お風呂エッチのどこに燃えるのか、全然わかんない」

排水管を伝って声が聞こえそうだし、浴槽の中でベタベタしたらのぼせそうだし、かといって洗い場は床が硬くてリラックスできない。立ってやるしか選択肢がないじゃないと思って、ホントに燃えツボがわからないと呟いた。

戸締まりの確認など、やることをやった夏樹は、寝室に寄り道をして、くふんと笑いながらゼリーを持った。その足を風呂場に向けようとして、待って、と思って下着とパジャマを持って脱衣所に入る。そして、やっぱり、と思った。パジャマどころか下着の替えも用意していない。

「裸でベッドに直行するつもりだったわけだ」

本当にやる気満々だ。夏樹は溜め息をついた。陶山が相手ならどんな体位であろうが付き合う気はあるが、それも疲れていなければの話だ。引っ越し当日、早朝からクルクル働き詰めだった夏樹は、言われたことだけやっていた陶山とは疲労度が違うのだ。

「……まあいい。今までやったことないことすれば、ひとまず満足してくれるでしょ」

もう一度溜め息をついてパパッと服を脱ぎ、ゼリーを後ろ手に持って浴室のドアを開けた。

「お。奥さんの登場だ」

陶山はガシガシと体を洗いながらニヤけた表情を見せる。夏樹はうふっと笑うと、陶山の背後に回って言った。

「背中洗ってあげる」

「いいねぇ～。それだけでムラムラしちゃうよ」

「うん。しちゃって」

どんどんムラムラしちゃってと内心でほくそ笑んだ。ナイロンタオルで背中を洗いながら、空いた片手で陶山の体をいやらしくさわる。チュッと耳にキスをして、紕、と甘い囁きを吹きこむと、陶山がふふっと笑った。

「ヤバい、立ちそうなんだけど」

「まだなんにもしてないのに？」

「なんだよ、ずいぶん期待させる科白だな。奥さんはなにをしてくれるのかな？」

「あんまりやらしい期待はしないで」

「じゃあちょっとは期待してもいい？」

「んー、ちょっとはね」

夏樹はククッと笑うと、陶山の背後から、前をキュウと握った。

「はい、背中おしまい。頭洗っちゃって。俺、体洗うから」

「洗ってやろうか？」

「ダメ。今日は汗かいたから、ちゃんと洗いたいもん。遊ぶなら綺麗にしてからね」

「…一理あるな。洗いっこじゃ汚れ落とせないもんな」

納得したらしい陶山が、素直に体の泡を流して洗髪にかかる。隣で夏樹も、モコモコに泡立てたボディソープで丁寧に体を洗った。湯槽につかった陶山が、のんびり夏樹の姿を眺めながら、ププッと笑う。

「なんかおまえ、泡怪人みたい」

「ゴシゴシこするより、泡で洗ったほうが汚れが落ちるんだよ？」

「俺、それダメなんだよ。たわしで洗ってもいいくらい、ゴリゴリ洗いたいタイプ」

「ホント!?　そんなことしたら全身、赤く腫れそうっ」

「ナツは皮膚が薄いもんな。ちょっと吸っただけですぐ跡がつくし」

「わかってるなら気をつけてください。いつ人前で脱ぐことになるかわかんないんだから」

「そんなシチュエーションはないだろー？」

「紕はないかもしれないけど、俺はあるの」

「……なんでだよ⁉　いつ、どこで、どこの男の前で脱ぐんだよ⁉」

「もう。すぐ怒る。修羅場中、近くのスーパー銭湯で、同僚の前で脱ぐんですっ。紀は俺に、一週間、風呂に入るなと言いたいんですかっ」

「……いえ、すみません……」

そういう事情があったかと陶山は反省した。自分は毎日が終電帰宅とはいえ、家に帰れるのだ。一週間も会社に泊まりこみなんて、想像しただけで疲れて寝こみそうだ。本当にＳＥとは半端な仕事じゃないよなと思った。

陶山がのんびりと湯につかっている間に、夏樹は洗髪までですませてしまう。相変わらず濡れた髪はぺったりしていて、洗われた犬のように貧相で、プッと陶山は笑ってしまう。夏樹はふうと息をつくと、なぜかうふっと笑って陶山に言った。

「交替」

「…ああ、風呂な」

陶山がジャバッと立ち上がって浴槽を出ようとする。それを夏樹は含み笑いで止めた。

「出なくていいの。ここに座ってて」

「あ？　うん……」

夏樹に指示をされて、怪訝に思いながらも陶山は湯槽のへりに腰かけた。その横から夏樹がチャプンと湯につかる。

「気持ちいい〜。大きいお風呂っていいね」

「ああ。おまえ今まで、ユニットバスだったもんな」

「うん。夏はシャワーだけでいいけど、寒くなってきたらやっぱりお湯につかりたいもんね。んー、代謝よくなりそう」

「冷え性、治るといいな」

「冷え性じゃないってば」

「で、俺はおまえが茹るのを見守ってればいいの？　どうせだったら一緒に湯につかりたいんだけど」

陶山がニヤニヤと笑う。夏樹はちらりと陶山に流し目を送ると、するっと湯槽の中を移動して、陶山の足の間に割りこんだ。陶山がますますいやらしい顔つきになる。

「お？　もしかして？」

「後ろに引っ繰り返らないようにね」

くふっと笑った夏樹は陶山のそこを手に取ると、先端をペロリと舐めた。わざと舌先を覗かせて、見下ろす陶山からもっともいやらしく見えるようにする。アイスキャンディーでも舐めているようなそのさまを見せつければ、陶山のそこは素直に上を向いていく。夏樹はまたくふっと笑った。視覚から煽れば、口の中に入れて吸いしゃぶるより、よほど楽にその気にさせることができるのだ。そんな小悪魔技を使われているとも知らず、陶山が夏樹の髪をそっと撫でながらにやりと笑った。

「おまえ、かなりエロいぞ」

「……エロい俺は嫌い？」

「……」

そこに唇をつけたまま答えてやったら、陶山のそれは如実に硬度を増した。根元からしっとりと舐めあげて、とがらせた舌先で先端をくすぐってやると、陶山の腹がヒクッとする。感じるんだよねぇ、と思いながらチロチロとくすぐり続ければ、頭上から、夏樹、という苦笑混じりのかすれ声が降ってきた。

「いたずらも、ほどほどに」

「ん？」

夏樹はちらりと陶山を見上げて笑い、しっかりと上を向いたそこを、浅く口の中に含んでやった。チュウッとキツく吸うと陶山がかすかなうめきを洩らす。面白い、と意地の悪いことを思いながら深く口にくわえこみ、次には唇で挟んでゆっくりと抜き出していく。何度も同じことを繰り返し、そこがピクンと小さく跳ねるまでいたぶって、口を離した。

「ナツ……」

「もうちょっと我慢してね」

いいところでおあずけを食らった陶山が、もどかしそうな声で言う。夏樹はうふっと笑い、寝室から持ちこんだゼリーを手に取った。お？　という表情を見せる陶山に妖しくほほえんで、夏樹はそこにたっぷりとゼリーを垂らした。あとちょっと口か手でしごいてやれば、すぐにも発射しそうなほど硬くなっているそこを、やんわりと握る。ゆっくりゆっくり、決して力を入れず、優しくこする。撫でる、といったほうがいいくらいの力加減だ。陶山がうなった。

「ナツ……、焦らすなよ……」

「焦らしてるんじゃないよ」

「俺にとっては焦らしだよ。もうちょっと強く」

「まだダメ」

「あー、もう……」

これが焦らしではないなら、なんというプレイなんだと思い、陶山は顔をしかめた。まともにこすってくれれば、あと一、二分でいけそうなところまで体は高ぶっている。そこをクチャクチャといたずらされて、もどかしくてたまらないのだ。それでも夏樹が楽しそうに口元を弛めているので、たまには好きにいたずらさせてやろうと思い、我慢をする。けれどそのうちに、下腹の奥がキュンと感じ始めたのでうろたえた。いきそうな時のあの感じだ。こんなヌルい愛撫でまさか、と思うが、キュンとする間隔がどんどん早まっていく。

「夏樹、ちょっと……」

「ホントに後ろに引っ繰り返らないように注意してね」

夏樹の口調は可愛いが、ほくそ笑みが小悪魔モードだ。陶山のそこをしつこくしつこく撫でている。時々ゼリーを足して、さらにヌルヌルにして。陶山の荒い呼吸が浴室に響き、腹筋が波打つように動いている。もうそろそろかなぁ、と思っていると、陶山の色っぽい声が聞こえた。

「うわ……、すげぇ……ああ、すげぇ……」

陶山の足がビクッ、ビクッと痙攣する。ああ、といううめきが聞こえたと同時だった。陶山のそこからまさに、ビュッという勢いで白いものが飛んだ。

「ああ、すげ……」

目を閉じて眉を寄せた陶山が口走る。夏樹はふふっと笑った。

「すごい飛んだね」

「え……、あ、マジ？」

目を開けた陶山は、天井付近の壁に自分の出したものがドロリとついているのを見て、目を丸くした。自分史上、最長射出距離だ。

「すげぇ……。ヤバいくらいよかった、もう半端じゃなく感じた……」

「みたいね。でもまだ……でしょ？」

「くそ、なんでこんなガチガチに……、うっ、ちょっと待て、夏樹っ」

ぶっ放すというほど出しておきながら、陶山のそこはまだ硬いままだ。焦る陶山には構わず、夏樹はニコッと笑って、そこをいつものようにこすった。陶山にとってはお馴染みのはずの快感が、いつもの倍は悦く感じる。陶山は慌てて夏樹の手を止めた。

「やめろって、いきそうだよ……」

「いいよ？　今度は最後まで口でしようか？　それからもう一回、しっかりしてもらって、最後は俺とするの。ね？」

「ちょっと俺、そんな絶倫じゃ…、ナツ、マジ勘弁っ」

チュウと夏樹に先端を吸われる。陶山は少し乱暴にグイと夏樹の頭を押しやった。夏樹のほうも陶山の腰がビクッと引けるのを見て取って、本当にいきそうだ、と思って顔を離した。

「ここでいかれちゃ困るんだよね」

陶山に聞こえないように口の中で呟いて、ククッと笑う。陶山の内腿をキュッと甘噛みして顔をあげた。

「ね。お風呂入って」

「ん？　ああ……」

湯の中でするのですか、と察した陶山は、まったくいやらしい顔つきで湯槽に体を沈めた。夏樹がするりと抱きついてキスをする。

「紘の感じてる顔見てたから、俺も感じちゃってるの。ね、乗るから支えて」

「いいけど、後ろ、ほぐさなくて、…」

「平気」

ずっと湯の中にいたから、すでに柔らかくなっている。夏樹は陶山にくるんと背中を向けると、腰を支えてもらいながら、ゆっくりと自分の中へ陶山のそれを呑みこんでいった。

「んん……、あ、紀、すご……」

「痛くないか？」

「そうじゃない……、いつもより、大きい……」

「おまえが変な技を使うから、…ああ、いいな……」

こちらもいつもより熱い夏樹の中にしっとりと包まれて、陶山が素直な感想を洩らす。夏樹も苦しいほどの充溢感に吐息をこぼすと、陶山の足をまたいで、中途半端な女の子座りというような姿勢で浴槽の縁に手をかけた。そうしてゆっくりと腰を動かし始める。ずるりと陶山を抜くと、湯が微妙な渦を巻いて、陶山をくわえこんでいる部分に刺激を与える。夏樹はんんっと喉を鳴らした。

「いい……あ……」

ブルッと腰をふるわせて、キュウと陶山を締めつけて、今度は呑みこんでいく。陶山に中をこすられる刺激と、肌をくすぐる湯の感覚がたまらない。陶山を焦らすつもりが半分、自分のペースで快感を得たいという気持ちが半分で、ゆっくりゆっくりと体を揺する。今や自分だけのものとなった陶山のそこを、じっくりと堪能していると、ふいに腰を掴まれて強く引き下ろされた。ズクッと根元まで押しこまれて夏樹は小さな悲鳴をあげた。

「やぁ…っ！　……もう、紈、ひどい……」

「ごめん。マジ、限界なんだよ……、ナツ、させてよ……、ベッドに行こう……」

いつものように、陶山のペースでガンガンいきたいということだ。夏樹を抱きしめて、耳元でそう囁く声は、甘く、たっぷりと情欲をにじませている。夏樹はふふっと笑うと、いかせ頃、と思って、陶山を見上げて言った。

「ダメ。もう少し遊ぶの。……ね、さわって……」

「これ以上焦らしたら、突っこんだままベッドに運ぶぞ……」

「だから焦らしてないもん、ゆっくりすると、いいんだもん」

「わかったから、ナツ、もうベッドに……」

「まだダメ。我慢して。ねえ、さわってよ……」

「おまえだけいってみろ。ベッドでボロ泣きさせるからな……」

陶山がうめくように言った。夏樹は内心で、できるものならどうぞ、と答えた。陶山のごつごつした指が自分の前に絡みつき、これまでの仕返しのようにイイトコロを攻め始める。ふるえるような快感に、夏樹は陶山の胸で仰け反った。

「あ、いい、紈……」

感じて、ギュッと陶山を締めつける。ナツ、と叱るような陶山の声を聞きながら、夏樹は大きく腰を動かした。

「夏樹、待て…っ」

「ダメ、我慢して、ちゃんと俺のもさわって……」

「ああ、すげぇ、くそ…っ」

湯が大きく波打つ。夏樹が与える快感で、時たま陶山の愛撫の手がおろそかになるが、夏樹は自分の好きなように、いいように腰を使っているから、十分に感じた。

「ナツッ、もうヤバイ…っ」

「んんっ、もうちょっと…っ」

ああ、いきそう、と思った時、とうとう陶山がこらえきれなくなったのか、夏樹の腰に腕を回すと、抱きしめるように強く引いた。

「んんっ、紀…っ」

ギッチリと深くまで突きこまれる。自分の中で陶山が大きく脈打つのを感じた。その刺激で、ダメ、いっちゃう、と口走った夏樹は、陶山をキツく締めつけたまま達した。

「……っ、はぁ……、紀……」

ぐったりと陶山にもたれかかる。荒い呼吸を聞かせる陶山は、抱きしめてくれるどころか、返事もしない。まさに「性気」を吸い取られたといったところだろう。計画どおりにいってくれた、と夏樹はほくそ笑み、そろっと腰を上げて陶山を抜くと、湯槽の中でゆっくりと振り返って、エロ可愛に笑った。

「よかった?」

「……あー……、魂抜けた……」

「先にお風呂上がって。俺、体洗ってから出るから。スポーツドリンク、寝室に置いておいてね」

「あー……」

ほとんどふらふらといった様子で湯槽を出た陶山は、おざなりにシャワーを浴びて、浴室を出ていった。夏樹が用意した着替えを、なんの疑問も持たずに着ていく気配を聞きながら、夏樹はククッと小さく笑って浴槽の湯を抜いた。体の始末をし終える頃には、もちろん陶山は寝室に行ってしまっている。ざっと浴室の中をシャワーで流して風呂を出て、顔と体にローションを丁寧にはたく。砂糖をたっぷりまぶしたミントのような香りのローションは、最近の夏樹のお気に入りだ。深呼吸をして香りを楽しんでから、濡れてぺったりしてしまっている髪にもドライヤーをかけた。いつものふわふわで可愛い髪に戻したところで、ようやく夏樹も寝室に行く。そうっとドアを開けて、夏樹はまたしてもククッと笑った。

「……はい、お疲れさまでした」

なんと陶山は、新婚初夜に大きなベッドで夏樹とエッチをすることに、あれほど憧れ、期待していたくせに、その大きなベッドですでに爆睡していたのだ。夏樹はちらりと時計を見て、うふっと笑った。

「所要時間、五十五分。普通にお風呂に入る程度の時間ですんだ」

恐るべし、夏樹奥さん、だ。ヌルヌル、撫で撫で、とろ火で煮詰めるような限界焦らしプレイも、湯につけて茹でながらエッチをさせたのも、すべて、自分が早く寝たいため……、陶山をバテバテにさせ、「瞬寝」させてしまう作戦だったわけだ。しかも自分はほぼ半身浴状態だったから、きちんと汗もかき、血行は良好、今日の疲れも取れて完璧だ。陶山がちゃんと冷蔵庫から持ってきてくれたスポーツドリンクをたっぷりと飲んで、夏樹は満足そうにふうと息をついた。

「やっぱり大きいお風呂っていいね」

一人ごちて、そうっとベッドにもぐりこんだ。陶山はベッドに入ると同時に眠ってしまったのか、微妙に斜めに横になっている。その頬にキスをして、おやすみ、と囁くと、夏樹はリモコンでフロアランプの明かりを消した。

一生に一度しかない新婚初夜は、陶山にとっては非常に不本意に、夏樹にとっては大満足に、更けていった。


翌朝、夏樹が目を覚ましたのは、午前八時だった。

「…うわ、寝坊しちゃったっ」

休日の朝の八時起きで寝坊とは信じがたい言葉だが、夏樹はいつも五時起き、休みの日でも七時には起きているので、八時起床はたいそうな寝坊ということになる。

ガバッと体を起こしたが、すぐ隣で眠っている陶山は身じろぎすらしない。それでも夏樹は、陶山の寝息を聞いて幸せになった。これから毎朝、目覚めると、愛している人の寝息を聞くことができるのだ。きっと息遣いや体温や匂いがそっと部屋に染みこんでいって、そうして自分たち二人の生活というものが形づくられていくのだろう。こうして結婚生活を始めたとはいっても、自分たちは本当はまだ、ただの同居をしているにすぎないのだと思った。

「……十年後には、ブランデーの染みたスポンジみたいに、ちょっとはおいしい夫婦になってればいいいな」

そしていつかは、しっかりと出しの染みた大根のような、味わい深い夫婦になりたい。

夏樹はそっとベッドを降りて着替えると、洗面をして、リビングに入った。シャーッと勢いよくカーテンを開ければ、目に入ってきたのは抜けるような秋の空だ。

「んーっ、洗濯日和っ」

夏樹はニッコリと笑い、炊飯器をセットしてから、いそいそと洗濯に取りかかった。洗濯機を回している間に朝食を用意する。今朝はベーコンエッグと野菜たっぷりの味噌汁しか作れない。昨夜陶山がコンビニで買ってきてくれた、キャベツと大根としめじを切りながら、とにかく買いだしにいかなくちゃねと夏樹は独り言を呟いた。

「新しい冷蔵庫、チルド室とかあるし、チンすればいいだけのものを作り置きしておけば、俺が仕事でごはん作れない時でも、紀が飢えることはないよね」

じゃあ今日は密閉容器も買いそろえてこなくちゃ、と計画を立てる。陶山が寝汚く眠っている間でも、夏樹奥さんは家のことをあれこれ考えているのだ。

十時を回っても陶山が起きてくる気配がないので、もう、と思って起こしにいくと、陶山は毛布に、まさしく塗《まみ》れて眠っていた。夏樹は容赦なくカーテンを開け、秋の日差しに襲撃されて、ううーんとうなる陶山をゆさゆさと揺さぶった。

「紀。もう十時。寝すぎ。紀っ」

「……う…、まだ……もうちょっと……」

「あんまり寝坊すると疲れるよっ、それに生活リズムが狂うっ、起きてっ」

「んー……うー……」

夏樹にしつこく揺さぶられて、陶山は目をぐしぐしとこすってまぶたを開けた。

「んー……、もう十時……？」

「そう。いいかげんに起きて」

「んー。……おはようのキスは？」

「するわけないでしょっ、こんな寝坊してっ」

「なんだよ……、せっかく結婚したのに……」

「おはようのキスはねっ、時間どおりに起きた時のご褒美なのっ。ほら、起きてよ」

「あー……」

ようやくのことで陶山が体を起こした。眠くて顔をしかめているし、髪はくしゃくしゃだし、冬眠から覚めた熊のようだ。しかし夏樹にとっては、すでに見馴れた夫のボロボロ姿なので、今さら幻滅することもなく、いつものように身仕度に追い立てた。熊からほぼ人間に戻った陶山と、仲良く朝食をとる。ズズッと味噌汁を飲んで、はぁ〜、旨、と呟いた陶山が、ガブッとハムエッグに齧《かじ》りついて言った。

「今日やることはなんだっけ？」

「んと、まず引っ越しの挨拶に回って、…」

「は？　挨拶って誰に」

「隣と上下！　信じられない、常識だよ!?　もー、タオル用意しておいてホントによかった」

「タオル？」

「挨拶の時に渡すのっ。昔は引っ越し蕎麦をふるまったでしょ、今はタオル類が主流なのっ」

「そうなんですか……」

朝から奥さんに叱られて、陶山は首をすくめてもそもそとごはんを口に運んだ。引っ越し挨拶は常識だそうだが、そんな常識は陶山の中に存在しなかった。俺、実は非常識なのか？　と思いながら、タオルまで用意していた夏樹に心底恐れ入ってしまった。よけいなことはもう言いますまいと思って、おとなしく食事をする陶山に、考える表情で夏樹が続けた。

「挨拶が終わったら段ボール箱を外のゴミ置場に運ぶでしょ。引っ越し屋さんが回収にきてくれるから。その足でスーパーに買い出しに行って……、帰ってからパソコンをつないでデータ移して、いろいろセットアップして……、これも何時間かかるかなぁ？　今日やれるのはこれくらいかな。転居届とかの手続きは、俺は会社帰りにできるけど、紘は朝早起きして行ってね。夜七時までしか窓口開いてないから」

「んー、了解。それをやっちゃえば引っ越しは完全終了か？」

「引っ越しのお知らせを出すなら、はがき作るけど？」

「いい。年賀状と兼用する」

「そう？　あ、あと、ひかりくんが午後から来るから」

「ふうん？」

「引っ越し祝いを持ってきてくれるの。荷造りした時、手伝ってもらったんだ。ひかりくんて可愛いよね、一緒にいると幸せになっちゃう」

「んー、そういう子っているよな。笑っただけで人をほんわか幸せにしちゃう子。桃原の弟とは思えない癒し系だよな」

ふふふっと笑う陶山に、裏事情というか真実を知っている夏樹は、ククッと笑ってうなずいた。

朝食のあと、またもや夏樹司令官の指示に従って、各種雑事をやっつけた。スーパーへは陶山に車を出してもらって、今日明日の食材はもちろんのこと、醤油《しょうゆ》や砂糖、米といった、重くて保存のきくものをどっさり買い、根菜類も多めに買って、夏樹の夢だった野菜ストッカーに収納した。一息ついて、パソコンの接続をやっちゃおうかと夏樹が言った時、インターホンが鳴った。

「きっとひかりくんだよ」

うふっと笑った夏樹が受話器を取る。思ったとおりひかりだったようで、部屋番号を伝えて受話器を置くと、台所に入ってヤカンを火にかけた。数分後に玄関のインターホンが鳴り、夏樹は、はーい、と明るく言いながら出迎えた。

「いらっしゃい」

「こ、こんにちはっ、お、お邪魔しますっ」

今日もやっぱり頬を赤くしたひかりが立っていた。見るからにドキドキしていることがわかる表情だ。可愛いなぁと思いながらひかりを室内に招いた。

「今お茶いれるからね。紅茶がいい、コーヒーがいい？」

「えとつ、紅茶をいただきますっ」

「はーい」

喋りながらリビングに戻り、テーブルに座ってて、と言って台所に入った夏樹は、ううっ、という小さな声を背後に聞いて、はい？　と思って振り返った。ひかりはリビングの出入口のところに突っ立って、目を見開いて陶山を見ている。あ、と夏樹が思った時、陶山がニッコリと笑って言った。

「こんにちは、ひかりくん。ようこそいらっしゃいました」

「こ、こ、こんにちは陶山さんっ」

ペコリと頭を下げたひかりに、夏樹は慌てて言った。

「陶山さんも引っ越し祝いに来てくれたの。ね、陶山さん？」

「え……、あ、うん、そうそう、藤池さんの引っ越し祝いにね」

陶山も、あっ、と思ったのか、小芝居に乗ってくれる。ひかりは納得したのか、そうなんですかと言って、もたもたと陶山の向かいに腰を下ろした。

「綺麗な部屋ですねっ、すごく広いっ」

夏樹にとも陶山にとも取れる様子でひかりが言う。夏樹はお茶の支度をしているので、陶山が相手をすることにした。

「そうだねー。可愛いし、藤池さんの部屋って感じがするよねー」

「は、はい。僕、藤池さんが前に住んでた部屋にも行ったことがあるんです、そこもすごく綺麗に綺麗でしたっ。藤池さんはこういう才能、あると思いますっ」

「センスがいいんだろうね。俺の部屋も藤池さんに頼んで可愛くしてもらおうかな」

陶山の言葉に、ひかりは目をキラキラさせてコクコクとうなずいたが、夏樹はプッと噴きだしてしまった。テーブルに紅茶と、ひかり用にクリームと砂糖と、さっきスーパーで買ってきた菓子を出す。夏樹に勧められて、クリームと砂糖をたっぷり入れた紅茶を一口すすったひかりが、ふう、と息をついて言った。

「あ、あの、これ、引っ越しおめでとうございますっ」

「ありがとう。重かったでしょう」

夏樹がそう言うと、陶山が、ん？　という表情で尋ねてきた。

「中身、知ってんの？」

「うん。なにがいいですかって聞かれたから、普段使える食器がいいなってリクエストしたの。ねー、ひかりくん」

「は、はいっ」

ひかりはニコッと笑って答えた。

「千佳士くんと選びにいったんだ」

「そうなんだ。開けてもいい？」

「ど、どうぞっ」

上質な包装紙を丁寧に解いて、出てきた箱を開けると、真っ白でシンプルなデザインの皿が出てきた。パスタにもカレーにも使えそうな、少し深めの皿が五枚。夏樹は嬉しそうにほほえんだ。

「わあ、ありがとう、こういうお皿が欲しかったの」

「ほ、ホント!?　よかったっ、あのね、千佳士くんと二人でね、いろんな料理に使えるお皿を選んだんだっ、それでね、お客さんが来るかもしれないから、五枚にしたんですっ」

「すごく嬉しい。本当にありがとう。持ってくるの重かったでしょう？」

「あ、ううん、千佳士くんに車で送ってもらったから、平気です」

「えっ、じゃあ近くで待ってもらってるの!?」

「うんと、近くのファミレスにいるって言ってたよ、あの、場所は僕、わからないけど、そのへん走ってみて見つけるって、それで僕が電話したら迎えにきてくれるんです」

ひかりが素直に幼稚に説明をすると、ああ、と陶山がうなずいた。

「きっと環七沿いの店だね。すぐそこだよ。だったらお兄ちゃんを呼びなよ」

「え、い、いいんですか!?」

ひかりは嬉しそうな表情を見せたが、夏樹は思わず、紈のバカーッ！　と口走りそうになった。

クッ、と息を詰めることでそれをこらえたが、内心では陶山への非難が囂々《ごうごう》だ。

(なに言ってるの、なに言ってるのっ、桃原さんを呼んだら、俺と紈の関係が一瞬でバレちゃうじゃないっ、信じられない、信じられない、どうして紈はここまでバカなのーっ!?)

けれどひかりの手前、そう言うこともできない。上目遣いで陶山を睨んだが、お兄さん顔でひかりと話す陶山はちっとも気がつかない。

「お兄ちゃんに電話してごらんよ。車はさ、お客さん用の駐車スペースがあるから大丈夫だし。なあ、藤池さん」

「そうですね、一緒にお茶でも召し上がっていただいて、お皿のお礼も言いたいですし」

微妙に丁寧な言葉遣いが夏樹の怒りを表しているが、やはり陶山は気がつかない。こりゃダメだ、と夏樹は観念して、ひかりに言った。

「それじゃひかりくん、桃原さんに電話してみたら？」

「あ、はいっ」

パアッと顔を明るくしたひかりが、いそいそとケータイをかける。

「…あ、千佳士くん？　あのね藤池さんが、一緒にお茶を飲みませんかって……、違うよ、藤池さんが呼んだらって言ってくれたんだよっ、……うん、千佳士くんが待ってるって言ったのは僕だけど……、ホントー!?　あ、うん、藤池さんに替わるね」

はい、とひかりからケータイを差しだされて、夏樹は電話を替わった。

「もしもし、桃原さん？　藤池です……、いえ、とんでもないです、俺のほうこそ素敵なお祝いをいただいて……、いえいえ、だって近くにいらっしゃるんだから……、はい、じゃあお待ちしています。ひかりくんに替わりますね」

ひかりにケータイを返した夏樹は、未だにこの危機的な状況に気づかず、ニコニコ笑っている陶山に、深い溜め息をこぼした。

十分後、インターホンが鳴って、夏樹がひかりとともに出迎えると、桃原が申し訳なさそうに、でも笑顔で玄関先に立っていた。

「すみません、突然。なんかもう、以前にもひかりが藤池さんのお宅に伺ってたそうで」

「俺の引っ越し準備を手伝いにきてくれたんです。いつもひかりくんにはお世話になってます」

「いや、こいつがご迷惑をおかけしてるんでしょう、わかります」

「そんなことはないですから。とにかく、上がってください」

「じゃ、ちょっとだけお邪魔します」

夏樹が先導して桃原をリビングに案内する。テーブルにどうぞと言って、夏樹は台所に入り、カウンターごしに桃原の様子を窺ってみる。リビングに入った桃原は、テーブルにどっかりと座っていた陶山を発見して、おお!? という顔をした。いかにも、『うわ、やっぱりかっ』という表情だ。

(ああ、やっぱりわかっちゃった)

夏樹はこっそりと溜め息をついた。恐らくひかりをマンションに送った時点で、陶山の引っ越し先と近いよなぁとは思っていたのだろう。しかし桃原は陶山のようなデリカシーの欠落した男ではないので、『おまえの奥様って藤池さんだったのか!?』などと、極めて破壊的な言葉は口にせず、ごく自然な笑顔で陶山と言葉をかわした。

「よう。俺もお茶をご馳走になりにきたよ。ケーキでも買ってくれればよかったな」

「そんな気を遣うなって。こんないい皿、貰っちゃってるし」

「そうか?」

陶山は堂々の「主人顔」で無意識にザクザクと墓穴を掘っている。桃原は墓穴に気づかない振りをしてフツーに対応してくれているが、それが夏樹には申し訳ない。ひかりたちが帰ったら陶山に説教をしたいところだが、したらしたで、陶山のことだから、もう隠さなくていいのかと勘違いして、周囲にまでナチュラルにカミングアウトしてしまうか、さもなくば桃原に対して、非常にぎこちない態度を取ってしまうだろう。

(もー……。ホントに糺、どうしてこんなにダメなの!?)

自然体にもほどがある。夏樹はムカムカしながら、とにかくダメな陶山ではなく、桃原のほうに釘《くぎ》をささなくてはと思った。無神経な男に気を遣えといっても無理だが、気遣いのできる男にそれを求めるのはいいだろう。

桃原に紅茶を出しながら夏樹は言った。

「素敵な食器をありがとうございました。ひかりくんと一緒に桃原さんも選んでくださったんでしょう?」

「ええ。こいつに任せておいたらキャラクター物の食器を買いそうだったんで。しかもプラスチックの」

ププッと笑う桃原に、ひかりが頬を赤くして抗議した。

「プラスチックのなんかいくら僕でも買わないよっ、それにウサギの絵のお皿は陶器だったじゃんっ」

「だからそこがダメなんだよ、ひかり。ウサギとかクマの絵の食器は、赤ちゃんが生まれた人が、お祝い返しに贈るんだ」

「そうなの!? でもお祝いコーナーじゃなくて、普通のお皿売場にあったよっ、それに僕、会社で使ってるマグカップ、クマの絵だよっ」

「ひかりはごはん茶碗もクマの絵だもんな。そういう自分で使うものはいいんだよ。でも人に贈る時は、趣味の押しつけにならないものがいいんだ」

「そ、そうか、藤池さん、ウサギの絵は好きじゃないかもしんないもんね」

ひかりが納得したようにコクコクとうなずく。夏樹は、ひかりはクマ柄の食器を使っている、というところで噴きだしそうになったが、なんとかこらえていると、ひかりが無邪気に陶山に言った。

「と、陶山さんは、なにを持ってきたんですか?」

「うん?」

「あの、藤池さんに。コップ?」

桃原がそっと、ひかり、とたしなめたが、陶山は同僚にまで気を遣わせているとも気づかず、ニッコリ笑って答えた。

「俺は物じゃなくて、肉体労働の提供だよ。段ボール箱を運んだり、重いものの買い物に付き合ったり」

「そ、そうか、藤池さんはお姫様だから、力仕事は可哀相だもんねっ」

「うん、お姫様だからね」

「僕、陶山さんが藤池さんと仲良しで、いろいろ手伝ってあげられて、よかったですっ」

ひかりはへへっと笑い、陶山もうんと笑顔でうなずく。桃原が笑いをこらえるように、ヒクッと唇を引きつらせたので、マズイと思った夏樹は、美麗な笑顔を桃原に向けて言った。

「俺も、ひかりくんから桃原さんのお話、よく聞いてますよ」

「……え」

「どれくらい仲のいい『兄弟』なのかって」

「……」

美麗に妖艶《ようえん》さを加えた夏樹の笑顔を見て、桃原もなにを言われているのか気づいたようだ。一瞬、瞳に動揺が走ったのを認めて、夏樹は無邪気な笑顔をひかりに向けた。

「ひかりくんも『お兄ちゃん』が大好きなんだよね」

「うんっ、僕、千佳士くんが大好きだよっ」

「ねー」

そうしてうふふと笑う夏樹だ。桃原は、ああ、そういうことか、と気がついた。

(藤池さんは俺とひかりの関係を知ってるけど、陶山は知らないわけか。で、ひかりも藤池さんと陶山の関係を知らない、と……)

そして自分にも、知らぬ振りを……少なくともひかりと陶山に対しては、今までどおり、夏樹と陶山は友人なのだと、そういう設定でとおせということだろう。桃原がちらっと夏樹に視線を送ると、その視線に気づいた夏樹が、ひかりをキュウと抱きしめた。

「俺もひかりくんが大好きなんだ」

「ほ、ホントー!? 僕も藤池さんのこと、大好きですっ」

「これからもいろんなこと、お話ししようね」

「はいっ」

ひかりは顔を赤くして喜んでいるが、夏樹に流し目を送られた桃原は、ティーカップに視線を落として、ンンッという咳払いを返事の代わりにした。ひかりや陶山に迂闊《うかつ》なことを言ったら、ひかりになにを吹き込むかわかりませんよ、という夏樹の牽制《けんせい》だと理解したのだ。藤池さんて、実はかなり怖いぞ、と桃原は思った。ひかりの言ったようにお姫様のような外見だし、気は利くしいい子だが、ふれてはいけないところにふれたら、倍返しどころか、五倍返しをされそうだ。けれど、ひかりほどではないが、この空気を少しも理解できずにどっしりと座っている、悪く言えば鈍い、よくいえばおっとりしている陶山には、藤池さんくらいの人がそばにいてちょうどいいだろうとも思った。

夏樹は、どうやら桃原が諸般の事情を理解したと見て取って、ひとまずこれで安心、と思い、ひかりに優しくクッキーを勧めた。

それぞれお茶をお代わりして、和やかに過去のピクニック会の話などをした。ひかりがもじもじしながら、トイレを貸してください、と言ったのを頃合に、そろそろお暇《いとま》しますと桃原が言った。

「食器を届けるだけだったのに、長居しちゃってすみませんでした」

「とんでもないです、楽しかったです。あ、ひかりくん、トイレは玄関のすぐ隣だよ、わかるかな……、そう、そこ」

ひかりがトイレに行っている間に、夏樹が残った菓子をパパッと小さなレジ袋に入れた。それをひかりにお土産として持たせる。

「じゃあね、藤池さんっ、お菓子、どうもありがとうございますっ」

玄関で靴を履いたひかりが、ニコニコ顔で夏樹に礼を言う。夏樹もうふっと笑って答えた。

「シチュー作る時、来てね」

「うんっ、ケーキもねっ」

「なんだひかり、またお邪魔しにくるつもりか？」

若干、こら、といった調子で桃原に言われて、ひかりは焦りながら言った。

「だって藤池さんがいいって言ってくれたんだよ、一緒にケーキを飾るんだもん、綺麗でおいしいケーキを作ろうねって、藤池さんは言ってくれたんだよっ」

「でもな、ひかり、…」

いまや陶山の「奥様」が夏樹で、二人がここで新婚生活を始めたことを知ってしまった桃原だから、なにも知らないひかりがお邪魔しては迷惑だろうと、なんとかひかりに訪問を諦めさせようとする。夏樹はひかりからちらちらと「いいって言ったよね？」という視線を送られて、ふふっと笑ってうなずいた。

「ひかりくんとケーキを作る約束をしたのは本当なんです。シチューも一緒に食べるんだよね」

「そ、そ、そうっ、ほらね千佳士くん、約束したんだよっ」

「大丈夫だよ、ひかりくん。俺の都合と、ひかりくんの予定が合う時に、また遊びにきてね」

「は、はいっ」

ひかりが元気にうなずく。桃原は、すみません、と夏樹に謝って、ちらりと陶山の様子を窺った。陶山はひかりの訪問について、微妙な問題があるとは思ってもいない様子で、ニコニコとひかりの頭を撫でている。これはもう、なにか陶山がナチュラルに失言をしても、自分がフォローするしかあるまい、と思い、桃原は思わず小さな溜め息をついてしまった。それに気づいた夏樹が、こちらこそ、すみません、と桃原に言った。

「いろいろと、お気遣いさせてしまって」

「いえ、とんでもない。これからもひかりと仲良くしてやってください」

「桃原さんにそう言っていただけて嬉しいです」

うふっと笑う夏樹と、ははっと笑う桃原。なんということはない別れ際の挨拶のようでいて、意味深長な言葉のやりとりだ。しかしもちろん、陶山もひかりも気づいていない。友達四人、あるいは夫婦二組は、それぞれ笑顔でバイバイやらまたなと言い合って、平和に何事もなく別れた。

ふう、と息をついた夏樹がリビングに戻り、いただいた食器を箱から出して洗い始めると、ふと隣に立った陶山が、くしゃくしゃと夏樹の髪をかき回した。

「お疲れさん」

「うん？」

「ひかりくんと桃原の相手。ほら、結婚したのバレたらマズイと思って、俺なりに気を遣ってたから。ナツのほうが何倍も気疲れしただろ？」

「……」

夏樹はぽかんとしてしまった。あれで気を遣っていたつもりなのだ。桃原があえて陶山の引っ越しについて口にしなかったという、その逆気遣いについても気づいていないのだろうと思い、天下のどっしり、お気楽ぶりに、夏樹は唖然とするより笑ってしまった。

「紈のそういうところ、大好き」

「あ？　なんだよ、俺だって気くらい遣うよ」

「桃原さんを呼んだのは紈なのに？」

「いや、だってそれは、桃原を待たせるのは悪いし、かといってひかりくんをさっさと追い返すのも可哀相じゃないか」

「ん、わかってます。夕食も一緒に、と言いださなかったところは誉めてあげる」

「あー……、言いださないっつーか、そんなこと思いもしなかった。そうか、ふつうは夕食を誘うか……、そうだよな、新居に来てくれたんだし……、でも誘ったら、作るナツが大変だよな……」

ぶつぶつ言う陶山は、やっぱり自分の新婚発言に気づいていない。夏樹はクスクス笑いながら夫に指示をした。

「暗くなってきたよ。カーテン閉めて電気つけて。夕食の支度しちゃうから」

「んー」

言われたとおり、明かりをつけてカーテンを引いた陶山が、そのままテレビの前へ移動してグータラモードに突入する。「なにもやってくれない夫」ではなく「言われたことはやる夫」が陶山で、夏樹にとってはそういう夫が一番扱いやすい。ふっと息をついた夏樹は、憧れだったシステムキッチンを一眺めして、嬉しそうにうふふと笑うと、食事の用意にかかった。

陶山のリクエストで夕食はカレーだ。ひかりたちに貰った皿によそい、野菜たっぷりスープと即席ピクルスも添える。夏樹がこだわったペンダントライトが、テーブルを明るく穏やかに照らしている。ゆったりとテーブルに向き合って座って、いただきます、と言い合うと、陶山がふふふと笑った。

「昨日はおふくろが来てて、まったりどころじゃなかったけど、こうやって二人でごはん食べると、ようやく、結婚したって実感が湧く」

「ん、俺も。もう『帰る』って言わなくていいんだと思うと、すごく嬉しい」

「えぇ～、ホントに嬉しいと思ってるのかぁ？」

「……どういう意味？」

「またいつか、紅のバカーッて思うことがあっても、もう逃げ帰れる場所はないんだぞ？　ん？　ナッちゃんはそれで大丈夫なのかなぁ～」

「そんなこと？」

夏樹はくふんと笑い、食べて、とカレーを勧めて答えた。

「もうすでに、紅のバカーッて思うことはありました」

「えっ、いつ!?　やっぱり昨日のおふくろのことか!?」

「違います。でもバカーッと思っても、逃げようなんて思わなかったよ。これからは紅が気をつけないとね」

「…なんで。なにを」

「俺を怒らせたら、出てって！　って、紅を追いだすもん。紅こそ、もうほかに寝る場所はないんだよ？」

「心配ご無用。ネズミ花火の消し方は心得たからな」

「は？　なに、ネズミ花火って？　俺のこと？」

夏樹がむっと眉を寄せる。陶山はパクンとカレーを口に入れて目を見開いた。

「おっ、カレー、旨っ。いつもと味が違うよな？　すご旨っ」

「あ、わかる？　あのね、自家製ブーケガルニを使ってみたの。この前のピクニック会で桃原さんのカレーに触発されたんだ。俺も『夏樹のカレー』って言ってもらえるカレーを作ろうと思うの。今日のはまだちょっと物足りないよね、なにを足せばいいかなぁ……」

陶山のネズミ花火発言にピクリと眉を寄せた夏樹だが、料理をおいしいと言ってもらえて、たちまちそちらに意識が向いてしまった。カレーを口に入れては、せっかく広いキッチンになったし、ハーブ類を集めてみようかなぁ、などと独り言を呟いている。こっそりと笑う陶山は陶山で、奥さんの角の納め方も少しずつ会得しているのだ。

セロリのピクルスをシャリッと食べた陶山が、ふと食卓を見て微笑を浮かべた。

「いいな。同じ食器で」

「ん？　……うん」

「これから少しずつさ、食器も買い揃えていこうな。二人分、お揃いで」

「うん……」

「夏樹も、無理していい奥さん、しなくていいよ。朝ごはんだって、作ってくれるだけでありがたいんだ。別々に食べることを気にしたりするな」

「……はい」

「うん。夜ごはんだってさ、一緒に食べられる時は食べるって、それくらい緩い感じでやっていこう。奥さんなんだから食事の支度しなくちゃとか、義務みたいに考えたらダメだぞ」

「でも……」

すでに作り置きのことなどを考えていた夏樹が、べつに大丈夫だよ、夕食は作れるよ、と言ったが、陶山はゆっくりと首を振った。

「作れる時に作るって、約束しようよ。朝晩の食事はナツが作るって、それが当たり前だって、そういう流れになるのはいやだからさ。おまえだって仕事してるんだし、月に何日かは社に泊まりこむだろ？」

「う、ん……」

「最初の二、三ヵ月は頑張れるかもしれないけど、そのうち疲れてくるよ。やんなきゃならないって考えるのはストレスだ。でも俺は料理はからきしできないだろ？　疲れてるおまえを助けてやれないし、俺は俺で、食事の支度をするのはナツの仕事だって思って、作れないおまえに不満を持つのはいやだ」

「うん……」

「俺たちは数ヵ月の新婚ごっこをしたくて一緒に暮らし始めたんじゃないよ。長期夫婦生活をまっとうさせたくて一緒に暮らすんだ」

「紀……」

「だからお互いにさ。できることはやる。できないことはやらない。無理をしない。助け合う。ちゃんと会話をする。相手を尊重する…っつーと固いけど、こう、べったりするんじゃなくて、指先だけつないでる感じというか、そういう距離感でいきたいと思うんだ。なにしろ俺たち、夫婦歴二日だぞ。最初からかっ飛ばしてたら、向こう五十年、もたないよ。マラソンと一緒。な？」

「ん……」

夏樹はやわらかな微笑を浮かべた。感激とか感心とか、そんな強い嬉しさではなく、今日もまた、心が満ちていくような幸福感が押し寄せてきたのだ。夏樹大好き、愛してると直接言われるような、いわばハグで得られる幸福よりも、もう少しゆったりとした、「暮らし」とでもいうべき空間に幸福がたゆたう感覚だ。改めて、ベタベタ甘いだけの恋人関係は卒業したんだと夏樹は思った。

「……お言葉に甘えて、やれることだけやらせてもらいます」

「はい。俺もやれることはやります。あんまりないけど」

陶山が苦笑する。夏樹は無意識に甘い眼差しで陶山を見つめて言った。

「食事の時、紘がいるとかいないとかじゃなくて……、その席が紘の席で、このテーブルは俺たちの食卓だって……、そう思うとすごく幸せ……」

「そうか」

「ん。ここでごはん食べて、お茶飲んで、いろいろ話とかして……、困った時もいつも紘がそばにいて、相談できて……、俺だって、頼りないかもしれないけど、紘の支えになりたくて……」

「おまえがいてくれるだけで、俺の支えになってるよ。本当に。一週間後はどうなってるだろう、一年後は、十年後はって、想像するのが楽しい。……結婚してくれてありがとう」

「……はい」

夏樹は胸がキュンとした。陶山は、一年後どころか、十年後も、自分と一緒にいる風景を想像してくれている。今の自分……、若くて綺麗な自分じゃなくなっても、十年後、二十年後の、プヨプヨしてるかもしれないし、しわだってたくさんあるだろうオジサンの自分を想像して、そんな自分との生活を楽しいと言ってくれるのだ。

「…紘は旦那さんなんだって、ちゃんと旦那さんになったんだって、今すごく、実感してる……」

「そうか。よかった」

「うん。……ずっとあなただけが好き」

「光栄です。俺も、ウチの奥さんだけを愛し続けます」

「……」

夏樹はふわりと頬を染めて、砂糖菓子のような甘いほほえみを浮かべた。とっくに夏樹によろめいている陶山を、とどめとばかりによろめかせ倒し、今世界で一番幸せなのは俺だと思った。

「……ずっと一緒にいてね」

「ずっと一緒にいます」

しっかりとうなずいた陶山に、夏樹はとろけるような微笑を浮かべた。

二人で歩く人生は、始まったばかりだ。

あとがき

わーい、こんにちは、花川戸菖蒲《はなかわどあやめ》です。

さあ！　夏樹と陶山の三作目をお届けしますよ〜。前作から引き続いて、同居へ向かってまっしぐらの二人です。お部屋を見にいったり、いろいろ買い物をしたりと、ラブラブな雰囲気満載ですが、ふわふわ浮かれる夏樹に現実がぶつかります。当然、愛する旦那様である陶山に相談をしますが、楽天的すぎる陶山に、不安と不満が高まる夏樹です。男同士で「結婚」することの考え方が、まったく違う二人。陶山は現実的じゃないと怒る夏樹と、十分現実的だと言う陶山。刻々と引っ越しの日が近づいてくる中、二人はうまく和解できるでしょうか？　夏樹と陶山にとっては一区切り、という感じのお話です。ぜひ本編をお読みください。今回は『天使シリーズ』のひかりと桃原も出張出演しています。可愛い子同士のラブラブが大好きなわたくしなので、夏樹とひかりのツーショットシーンは、書いていてはぁはぁしてしまいました。陶山と桃原の関係も微妙な変化が。いや、変化を強いられるのは桃原だけか。ニヤニヤしながら読んでくださいね。

お話の途中で、二人が夜景を眺めるシーンが出てきます。数年前までは作中同様に、あの場所から夢のような夜景が臨めたのですが、現在は巨大倉庫が建造されていて夜景はまったく見えません。がっ、担当さんが「乙女の夢を!!」と強硬に主張したので、倉庫はないものとして書きました。うっかりとあの場所へ夜景を見にいかないように、注意してくださいね。もう一点、「乙

女の夢を!!」と主張されて、嫌々入れた小ネタがありますが、さてどこだかわかるかな？（笑）

今回も美麗なイラストを描いてくださった水貴《みずき》はすの先生、ありがとうございました。わたくしの原稿が遅れたばかりに、とんでもない目に遭わせてしまい、本当にすみませんでしたっ!! 担当さんが年末進行だということを忘れていたんです、ホントにホントにごめんなさいーっ!!

これまた「ウエディングドレスも乙女の夢……」と弱く主張したんですが、ベールにとどめてくださって本当によかったです。ありがとうございました。

担当の松本編集長、原稿遅れて申し訳ありませんでした!! でもでもそのお詫びに、ご希望のお風呂エッチを書きましたよ。しかしお風呂エッチの燃えツボがわかんなかったので、エロくならなくてごめんなさい。「乙女の夢」を二点、クリアしたから許してくれる？

最後にここまで読んでくださったあなたへ。夏樹たちも恋人関係を卒業できました。やっぱり言葉を重ねるって大事ですが、それ以前に、相手を信頼することが大切なんだよね。今回陶山がてんでダメな男だということが発覚しましたが、それでも夏樹は陶山を信頼して、陶山も夏樹を信頼していました。そんなふうに、大切な人から信頼される人間でいられるように、毎日を誠実に生きていきましょうね。信頼は信頼となって返ってくるはずです。

花川戸菖蒲

二〇〇九年一二月

近刊案内

アルルノベルス
2月25日発売予定

禁断ロマンス

妃川　螢

汚れることを厭わぬ覚悟が、
そなたにあるか？

ILLUSTRATION
朝南かつみ

誰にも愛されず、己の価値を仕事に見いだして生きてきた咲人。ロシアマフィアのボス・アランと結んだのは、闇に染まった契りで…。

純白の婚礼～カッサリーノ家の花嫁～

バーバラ片桐

ぼくと過ごした素敵な夜を、
忘れたなんて言わないよね？

ILLUSTRATION
海老原由里

ブライダル会社に勤める和彦は、出張先のイタリアで目覚めると見知らぬ部屋にいて…出来過ぎる程ハンサムなヴァレリオに求婚され!?

跪け！（仮）

水月真兎

俺に仕え、俺を守れ—
俺の命令が、おまえの神の言葉だ

ILLUSTRATION
DUO BRAND.

日本人の母を持つ為に王宮で孤立するサイは、静かに自分を見つめる罪人ジンを側に置いた。面白い男だと思った、それだけだった筈なのに—。

薔薇と血の咲き乱れる庭で（仮）

水島　忍

これが血の味だ。君にも判るだろう？

ILLUSTRATION
緒田涼歌

ヴァンパイヤを母の仇として憎む崇夜は、犯人を捜して訪れたイギリスの地でギルバートと出会う。突然されたキスは、陶酔に似て…。

定価：857円＋税

既刊案内

アルルノベルス
好評発売中！

指先だけで感じる蜜月

ビスクドール・ハネムーン

花川戸菖蒲
Ayame Hanakawado

ILLUSTRATION
水貴はすの
Hasuno Mizuki

ずっと独りだった夏樹の前に現れた王子様・陶山紕は夏樹に永遠の愛を誓いプロポーズ!!　でもラブラなはずが大事件が起こり!?　ビスクドールシリーズ第二弾!!

定価：**857円**＋税

既刊案内

アルルノベルス
好評発売中！

「大好き」を積み重ねて「愛してる」の形になったね♥

天使の告白

花川戸菖蒲
Ayame Hanakawado

ILLUSTRATION
水貴はすの
Hasuno Mizukii

大好きな千佳士と恋人になれてドキ^{2}のひかり。ナイショのお付き合いだけど、とても幸せ☆　だけど、その恋には試練があって!?

定価：**857円**＋税

アルルノベルス・バックナンバー

■沙野風結子
蝶宮殿（ファラーシャマハル）の王子様　稲荷家房之介 画
闇色の男に縛られて　藤河るり 画
君が奏でるキスのメロディ　桜井りょう 画
花嫁は籠の中で　藤河るり 画
公爵は愛に誘（いざな）う　桜城やや 画
熱砂の囚人　すがはら竜 画

■篠伊達 玲（篠伊達 礼）
サディスティック恋愛論　緋色れーいち 画
くちびるに誘惑　桜 遼 画
ゆびさきの誘惑　桜 遼 画
砂漠の王は甘美に乱す　桃山 恵 画
無慈悲な龍の寵愛　藤河るり 画
プライオリティー ―恋愛優先権―　有馬かつみ 画

■高岡ミズミ
秘 恋　緋色れーいち 画
やわらかな熱情　桃山 恵 画

■橘かおる
罪人は蜜に濡れて　しおべり由生 画

■中原一也
野良猫とカサブランカ　実相寺紫子 画
俺を抱いてイケ　藤井咲耶 画

■葉月宮子
乱される白衣の純情　タクミユウ 画
魅せられし夜の薔薇　緒田涼歌 画
SPは愛に惑う　ヨネダコウ 画
千夜一夜に愛が降る　榎本 画

■花川戸菖蒲
眠り姫からキスを　角田 緑 画
愛という果実　水貴はすの 画
天使の祝福　水貴はすの 画
天使の告白　水貴はすの 画
ビスクドール・シンドローム　水貴はすの 画
ビスクドール・ハネムーン　水貴はすの 画
ビスクドール・マリアージュ　水貴はすの 画

■バーバラ片桐
罪よりも濡れた吐息で　ライトグラフII 画
絶対者に囚われて　海老原由里 画
絶対者に奪われて　海老原由里 画
軍服の劣情に堕ちて　朝南かつみ 画
純潔を闇色に染めて　藤井咲耶 画
ボディガードは氷花を抱く　海老原由里 画
虎狼は愛に餓えて　藤井咲耶 画
囚われた極東の華　朝南かつみ 画
艶縛―軍靴の蹂躙―　朝南かつみ 画
カッサリーノ家の花嫁　海老原由里 画

■早瀬響子
束縛に秘めた愛　桃山 恵 画
復讐という名の熱情　水貴はすの 画
砂漠は罪に濡れて　実相寺紫子 画
王子は愛に跪く　宝井さき 画

■火崎 勇
命令を待ってる　葛井美鳥 画
人魚姫じゃないから　小路龍流 画
恋愛迷宮　海老原由里 画
花に射す影　朝南かつみ 画
愛の還る場所　須賀邦彦 画
似合わない恋人　榎本 画
恋愛の事情　緒田涼歌 画
銀の誤解 金の恋　海老原由里 画
らしくない恋　佐々木久美子 画
ランドリー ランドリー　有馬かつみ 画

■妃川 螢
LOVE MELODY　あさとえいり 画
LOVE NOTE　あさとえいり 画
愛には愛で　しおべり由生 画
愛は手負いのケダモノ　青海信濃 画
君とここにあること　かんべあきら 画
誑惑の檻 ―黒皇の花嫁―　DUO BRAND. 画
恋がはじまる　実相寺紫子 画
恋をしただけ　実相寺紫子 画
恋におちたら　実相寺紫子 画
これが恋というものだから　実相寺紫子 画
恋より微妙な関係　実相寺紫子 画
白衣の報酬　水貴はすの 画

■日向唯稀
Dr.ストップ ―白衣の拘束―　水貴はすの 画
Bitter.Sweet ―白衣の禁令―　水貴はすの 画
刹那すぎて、濡れる夜　香住真由 画

■藤村裕香
執金ラプソディ　井ノ本リカ子 画
悲劇のスリーピングビューティー　井ノ本リカ子 画
淫らな陶器　桃山 恵 画
エンジェルガーデンの花嫁　かんべあきら 画
愛に束縛される　CJ Michalski 画
灼熱の束縛者　DUO BRAND. 画
灼熱のゴールドウィング　DUO BRAND. 画
灼熱の逃亡者　DUO BRAND. 画

■藤森ちひろ
裏切りの愛罪　明神 翼 画

■藤原万璃子
灼熱のエメラルド　櫻井しゅしゅしゅ 画
愛と憎しみのソレア　甲田イリヤ 画

新書判　定価900円（税込）　（株）ワンツーマガジン社

アルルノベルス・バックナンバー

■真崎ひかる
恋より甘く愛より熱く　笹生コーイチ 画
略奪計画。　たかなぎ優名 画
甘い恋の駆け引き　甲田イリヤ 画
黄金色のシャングリラ　タカツキノボル 画
手解きは愛を込めて　しおべり由生 画
ひそやかな独占欲　笹生コーイチ 画
『好き』なんて知らなかった　葛井美鳥 画
素直に『好き』と言えない　葛井美鳥 画

■松幸かほ
無自覚なフォトジェニック　タカツキノボル 画
憂鬱なフォトジェニック　タカツキノボル 画
ひとでなしの恋人　佐々木久美子 画
こんな、せつない嘘。　実相寺紫子 画
こんな、はかない恋。　実相寺紫子 画
華は洋館に囚われる　高階 佑 画
そのかたわらで天使はまどろむ　榎本 画
欧州小夜曲(セレナーデ)　藤井咲耶 画
幸せの羽音　緒田涼歌 画
静謐な隷属　砂河深紅 画

■水島 忍
被虐方程式 ～一輪のバラを手折るまで～　しおべり由生 画
被虐方程式 ～長い夜が終わるまで～　しおべり由生 画
荊の鎖　タクミユウ 画
妄愛連鎖～サーバント・ラブ～　街子マドカ 画
妖艶暴君のふらちなジェラシー　すがはら竜 画
アルテミスの生贄　桜城やや 画

■水月真兎
偽装愛人　桜 遼 画
男色戯画　天城れの 画
罪深き夜の僕(しもべ)　藤井咲耶 画
高慢な天使の僕(しもべ)　藤井咲耶 画
魔都(バビロン)は恋に燃えて　須賀邦彦 画
王は考古学者の虜　桃山 恵 画
夜の獣たち　小山田あみ 画
最凶王子～二階堂警視の受難～　榎本 画

■水戸 泉
優しいその指で酷く　桜城やや 画

■水無月さらら
ゲット・ア・フォーチュン　須賀邦彦 画

■宮川ゆうこ
シャッターチャンスは甘い誘惑　甲田イリヤ 画
この恋にきめた!　甲田イリヤ 画
冷たい視線に捕らわれて　たかなぎ優名 画
レールウェイポリスに口づけを　桜 遼 画
やさしく愛して　しおべり由生 画
秘密のキスは恋の味　甲田イリヤ 画
艶やかな情欲　石丸博子 画
恋慕の棘　天城れの 画
憎しみが愛に変わるとき　高階 佑 画
華やかな皇帝の憐愛　桜城やや 画

■桃さくら
艶やかに、あざやかに　しおべり由生 画

■柳まこと
溺れるほど、束縛　甲田イリヤ 画
帝王の愛人　由堂 櫂 画
龍は傍らでまどろむ ―帝王の愛人―　由堂 櫂 画
密着警護　明神 翼 画

■結城瑛朱
愛より甘い暴君　桜城やや 画
あなたの指は僕を奏でる　すがはら竜 画
恋愛小説家の初恋　一馬友巳 画
君だけに触れる快楽　桜城やや 画

■義月粧子
運命を喰らうとき　須賀邦彦 画
運命を統べるとき　須賀邦彦 画
かりそめの婚約者　夜桜左京 画
破滅の爪痕　須賀邦彦 画
情牙の爪痕　須賀邦彦 画

■四谷シモーヌ
海帝は白薔薇に誓う　DUO BRAND 画

■六堂葉月
エゴイストの調教術　巴 里 画
桜の園の囚人。　巴 里 画
蝶ひらり、花ふわり　天城れの 画
檻の中の楽園。　笹生コーイチ 画
サーマラカンの花嫁 ～熱砂の虜～　タクミユウ 画
熱砂の王子は囁きすら淫ら　緒田涼歌 画
マフィアン・バンドーノの激愛　六芦かえで 画

■渡海奈穂
夢は本当の恋になる　高階 佑 画

新書判　定価900円（税込）　(株)ワンツーマガジン社

ARLES NOVELSをお買い上げいただきましてありがとうございます。
この本を読んだご意見、ご感想をお寄せ下さい。

〒111-0053
東京都台東区浅草橋1-13-3
㈱ワンツーマガジン社　ARLES NOVELS編集部
「花川戸菖蒲先生」係 ／ 「水貴はすの先生」係

ビスクドール・マリアージュ

2010年2月10日　初版発行

■著　者
花川戸菖蒲

■発行人
齋藤　泉

■発行元
株式会社 ワンツーマガジン社
〒111-0053
東京都台東区浅草橋1-13-3

■Tel
03-5825-1212

■Fax
03-5825-1213

■HP
http://www.arlesnovels.com（PC版）
http://www.arlesnovels.com/keitai/（モバイル版）

■印刷所
中央精版印刷株式会社

ISBN978-4-86296-194-5 C0293
Printed in JAPAN